蔬菜江湖

The Ganghood of Vegetables

胡弦 著

江苏凤凰文艺出版社
JIANGSU PHOENIX LITERATURE AND ART PUBLISHING

图书在版编目（CIP）数据

蔬菜江湖 / 胡弦著. 南京：江苏凤凰文艺出版社，2020.10
ISBN 978-7-5594-5057-9

Ⅰ.①蔬… Ⅱ.①胡… Ⅲ.①散文集–中国–当代
Ⅳ.①I267

中国版本图书馆 CIP 数据核字 (2020) 第 148335 号

蔬菜江湖

胡　弦　著

责任编辑	李珊珊　李　黎
装帧设计	张景春　王晨玥
责任印制	刘　巍
出版发行	江苏凤凰文艺出版社
	南京市中央路 165 号，邮编：210009
网　　址	http://www.jswenyi.com
印　　刷	苏州市越洋印刷有限公司
开　　本	880×1230 毫米 1/32
印　　张	6.875
字　　数	120 千字
版　　次	2020 年 10 月第 1 版　2020 年 10 月第 1 次印刷
书　　号	ISBN 978-7-5594-5057-9
定　　价	45.00 元

江苏凤凰文艺版图书凡印刷、装订错误，可向出版社调换，联系电话 025-83280257

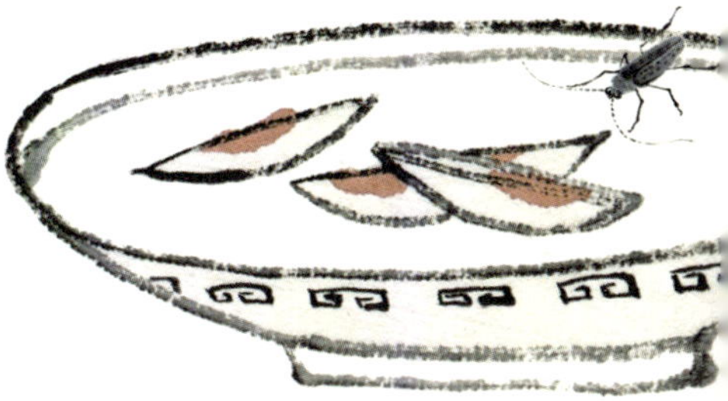

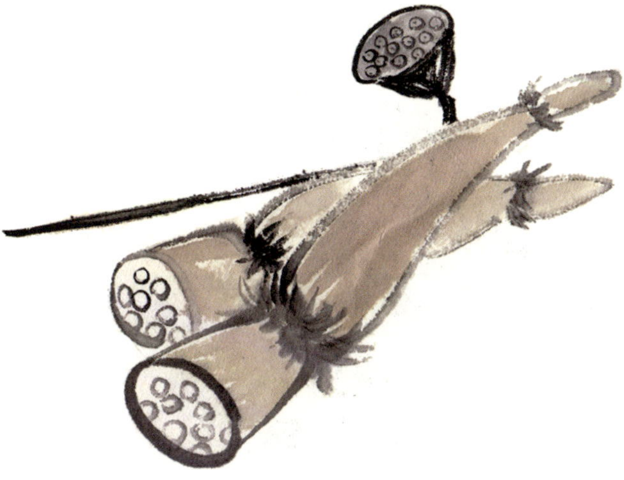

体温凉凉的大白菜,最里面,都有一颗金黄、柔嫩的心。

辣椒,

像微型的人生教科书。

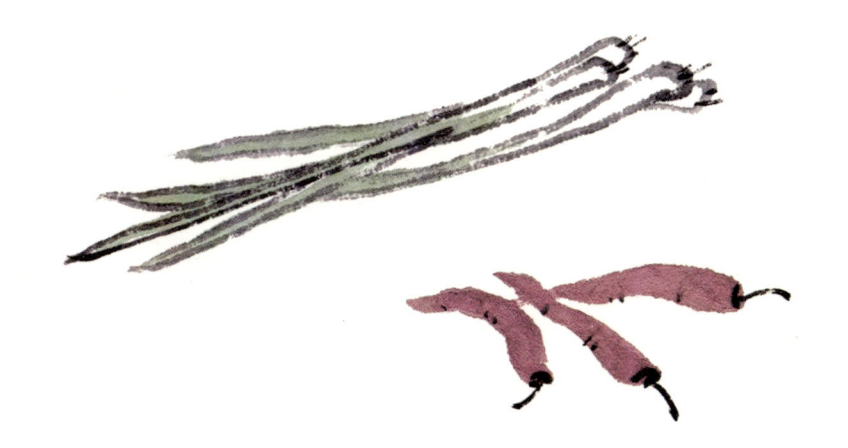

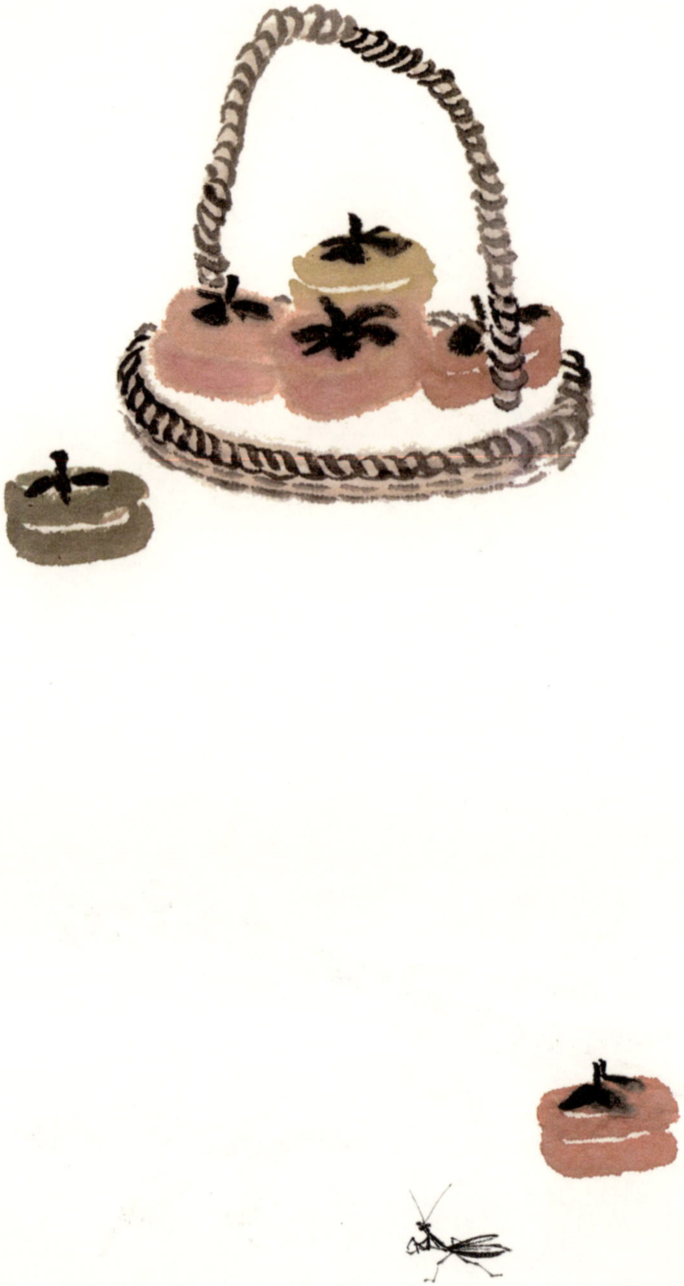

徐州城里一大怪,
萝卜当成水果卖。

大蒜,带着点野气,
甚至带着点匪气,
但更多的是英雄气。

吃豆豆,长肉肉,
不吃豆豆精精瘦。

它是奔放的,
涨满了太阳的蜜和大地的血性。

对于深藏民间的苦楚、病,甚至生命的滋味,没有谁比它知道的更具体。

生活就像剥洋葱，
你必须一层一层地剥下去，
虽然有时候你被呛得泪流满面，但你要坚持。

携笼去,采菱归。
碧波风起雨霏霏。

多么好呀,
闪着幸福的细碎光泽,
一派流亮富丽。

你三心二意,
它的毒就起作用了。
这有点像在说爱情,
四季豆有自己的爱情观,
而且是个完美主义者。

南瓜，是既能出将入相又能布衣钗裙的菜。

目录

马齿菜，安乐菜	001
白菜的歌声	006
辣椒红艳艳	011
萝卜带来的都是好心情	017
黄花菜，母亲菜	024
大蒜的江湖	028
葱葱岁月	034
扫帚菜	040
不撤姜食	044
苦瓜人生	050

软硬兼施吃蚕豆	056
青豆热爱走群众路线	063
夜雨剪春韭	069
椿芽香	074
土豆的土与洋	079
毛冬瓜	086
秋槐满地花	093
黄瓜的政治学分析	098
穿过洋葱的层层鳞瓣	103
菠菜的命相	110
南瓜的追求	116
葫芦仁，葫芦肉	122
丝瓜是菜也是药	128
西红柿今昔	133

莴苣清凉	140
照完相，吃茄子	147
芹中情	153
采菱曲	159
雨后木耳	165
茭白之美	171
蒲菜嫩	177
茼蒿与菊花菜	183
悟道的苤蓝	188
榆钱片片春无限	195
胡萝卜的雅与俗	200
四季豆的深情和坏脾气	206
烤红薯	212
芫荽与荠菜	217

马齿菜，安乐菜

Verdolaga

有些地方管它叫地马菜，让我联想起在地上乱跑的小马驹，这名字好，有欢腾腾的野性和可爱。

马齿菜，顾名思义，就是一种（叶片）长得像马的牙齿一样的菜。

我对马齿菜这个命名是有些腹诽的，不是对菜，而是对给它命名的人，因为在我看来，马齿菜的叶子并不太像马的牙齿，况且，即便像了马的牙齿，这样叫也不好听，没有什么美感。它还有另一个名称，瓜子菜，我喜欢。它的叶片的确更像瓜子，南瓜子或西瓜子。瓜子常用来形容漂亮的男孩子或女孩子的脸型，有种清秀在里面。但马齿不会给人这种联想，若是用来形容脸型，不免让人误想到马脸之类。马脸，指人的脸长(音 cháng)得过分，有戏谑其丑的意思。

但马齿菜的命名也有一个好处，明确指出了它是菜。它的命名还有很多，与马齿菜最接近的是马齿苋，不过，它却并不是苋菜的一种，植物学书上说它：为马齿苋科马齿苋属一年生草本。这与苋科是两码事。

马齿菜虽然被命名为菜，菜园子里也有它的身影，但它却很少被当作菜来看。菜园子里种的是茄子辣椒黄瓜白菜，整齐地种在畦里，像端坐在座位上的小学生。马齿苋呢，对不起，只能在田埂或其他菜的缝隙里偷偷地长，像没有学籍的旁听生。农人不高兴了，还会揪起它扔一边去。马齿菜于菜有名无分。

但人们会在一些紧要关头想起马齿菜。比如孩子被马蜂蜇了一下（马蜂有剌毒，蜇一下可不是好玩的，连蜇数下小孩子不免杀猪一般嚎叫，我小时深受其害，这里放大了胆子也就只说一下吧），大人听见哭声，就揪一棵马齿菜放在嘴里嚼成糊状贴在红肿处，消毒止痛。又比如人（不止小孩）害了痢疾，也去揪几棵马齿菜，洗净，用生白布包了拧出里面的水，煮了服用，往往有不错的效果。与它菜的名称相比，它更像草药。马齿菜还叫长命草、五行草，大约与其药性有关。

到菜园子里看菜是农人的事，美食家是在饭馆里看，但在菜园子里才能看个究竟。

马齿菜在菜园里的地位是低的。茄子黄瓜是家养，马齿菜是寄养。茄子黄瓜是自家孩子，马齿菜是野孩子。茄子黄瓜有玩具：用芦苇或树枝搭起的架子（呼拉桥或肋木架），供秧蔓爬上爬下，马齿菜没有。有些地方管它叫地马菜，让我联想起在地上乱跑的小马驹，这名字好，有欢腾腾的野性和可爱。

马齿菜生长势强，可平卧、直立或侧斜生长，也就是说，它怎么长都行。在平旷的地方，它伸展得舒坦；在岩石的缝隙里，它也能小箭一般地直着长上来。马齿菜也有看相，叶色绿，背面淡绿色或带紫红色，厚而软滑，倒卵形，像拉长的水滴，开一种小小的黄色花儿。马齿菜是乡间的野小子或小姑娘，猛一看野气，细看，眉清目秀的。

之所以写这篇文章，是因为许多人不认识马齿菜了。前些日子在一个宴会上，有蒜茸马齿菜一道，看相虽一般，吃起来大家却说味道特别，只是不知其为何物。其实马齿菜因其生命力强，全国大部分地区皆有分布。而对马齿菜的制作，过去似以扬州为精细。《扬州西山小志》云："预于四五月间，取马齿菜腌贮，名安乐菜，岁暮作馅制馒……"

自春日至岁暮，制作时间长，有隆重的意味，且安乐菜的命名尤得我心。新年里菜肴杂陈，难免会有疏忽。但马齿菜治闹肚子，所以它既是美味，又有保驾护航之效，风味与安康并存，倒是名副其实的"安乐菜"了。

安乐是老百姓生活的真谛。马齿菜虽在大饭店的宴席上价格不菲，却是地地道道的百姓菜。

白菜的歌声

Chinese cabbage

体温凉凉的大白菜，最里面，都有一颗金黄、柔嫩的心。

秋后的菜园里，往往剩到最后的，就是一棵一棵的白菜——这是要陪我们越冬的菜。

我曾有过一个梦想，就是在冬天的时候，窖里有一窖白菜，梁上挂着猪肉，白菜炖猪肉（当然再有些粉条就更好了，但我长大了才知道，白菜炖羊肉更佳），围着火炉热腾腾地吃，这是在一个三十年前的少年的想象中最温暖和幸福的事。

白菜要大白菜。我那时不知有高帮白菜，高帮白菜长可达半米，像修长的美人。与它相比，大白菜像北方有一身好力气的健朗村姑。

大白菜是北方菜，也有北方土地和人的精气神。

蔬菜多不能久存，所以称时蔬。但白菜是个例外。白菜的贮存法有多种，可以窖存，有时就和红薯一起放在暖融融的地窖里；可以埋在土里，吃的时候挖出来；

也可以直接放在室内，这是城市居民的法子，天气好的时候要搬到院子里或阳台上晒晒太阳。冬天冷，白菜的叶脉里都结了冰，但不改其青翠。

冬天，大雪封门，地窖里窖着一大车白菜，让人心里踏实。

白菜的吃法太多，不可一一胜数，我比较爱吃的有醋熘白菜，用白菜的外帮酸成的酸菜，还有调白菜心，把白菜心细细地切了，调以葱姜蒜末和辣椒，香辣爽脆里有微微的甜味。香辣像家常话，甜像话里有话，那甜，是白菜的本甜，是更细微的关怀。

白菜本来是铺开了长的，它宽大的叶片像巨大的花瓣一样张开。只有白菜的生长最像开花。看着白菜一天天长大，人是欢喜的，那层层叠叠的叶片，像精致的花边，像无忧无虑的心，像不知烦恼的青春，像歌声（我家乡的民歌"拉魂腔"的唱声，那声音总像层层卷卷，给人以缠绕无尽之感）。但菜农不允许它一直这么长下去，等白菜长大了，他们就会把它的叶片朝内翻过去，就像使一朵盛开的花回到含苞状态。为了防止它重新打开，菜农还会在它的顶部压一块土坷垃。我有时觉得白菜这样是受了委屈，但它很快就顺从了菜农的意愿，抱成了一个团。

——白菜是听话的菜。

从夏到秋，多少白菜运进了城市。这浓眉大眼的菜，这一身清香的菜，这一层一层裹着秘密波浪的菜，它的心事，它荡漾在细致的叶绿素里的魂。

虽然众多的姐妹搭上车子远走他乡，但还是有许多白菜留在了乡下。秋后，田野寥廓，秋风凄紧，白菜顶一块硬土，在萧瑟田畴低下面庞。

这些剩在田野里的白菜，它们在想些什么呢？它们在暮色中抱紧自己的肩膀，是否正潜心暗恋于内心的歌唱？一片叶子抱紧另一片叶子，它们冷吗？是否在抱紧自身取暖？

我知道，这些体温凉凉的大白菜，最里面，都有一颗金黄、柔嫩的心。

我还知道，在一阵一阵的秋风里，所有的白菜，都已把自己抱成了晶莹的翡翠。

在深秋，在乡下，只要田野里还有没被收走的白菜，那些夜晚就是难眠的夜晚。在炊烟袅袅的傍晚或清冷的月光下，打开窗子是阵阵秋风，打开秋风是白菜的歌声，而在那歌声的深处，有时你会遇到一缕锋利的凉意。

那是一脉流长了很久的凉意，仿佛是命运，又仿佛是美德，在你不经意间对它有所了悟的时候，它会轻轻刺在你滚烫的血液中。

辣椒红艳艳

Chili

辣椒,像微型的人生教科书。

我小时候，老家徐州乡下有句话很流行：窝头就辣椒，越吃越添膘。那时几乎家家吃红薯窝头。新出锅的窝头黑亮亮的，中间的凹坑里放一勺辣椒酱，就（掺和）着吃，哧哧溜溜的吸气声中，不知不觉，一筐窝头就被全家人消灭掉了。

徐州乡下的窝头很大，赛过拳头，这么大个的窝头，其他地方不知有没有。那时生活困难，一天到晚只有红薯吃，不免让人厌烦，需要菜肴相佐才咽得下，俗称"哄饭"，即利用菜的好味道把饭骗进肚子里之意。但蔬菜更少见，有时只有辣椒。即便只有辣椒，它显然也是称职的。辣椒之称职，全在其辣，当舌头被辣得不知所措时，窝头赶来救驾，一般不怎么细嚼就急着咽了下去。此情景，像是辣椒和舌头合谋设下的圈套。有时我还觉得，辣椒对待窝头之类的食品，不但是哄，还有强制驱动之效,类似乡村母亲对孩子所用的教育方法,总是准备了两手措施:香是好言相劝,辣是巴掌伺候,不论好言的效果如何,巴掌肯定会起到决定性的作用。

辣椒通常是调味品,在穷人的菜谱中,却永远是第一选择的正菜。

辣字在中国出现得较早,《广雅》:"辣,辛也。"《通俗文》:"辛甚曰辣。"但这时的辣味多指花椒、姜、茱萸等,与辣椒无关。因辣椒原产南美,明末才传入我国,最初叫"番椒",因其味辣,改为辣椒。它冠得了中国的这个辣字,也从此修改了中国人对辣的感受,颠覆了我们传统的辣味观。有时我觉得,许多品种的辣椒外形很像毛笔头,它也真的重新书写了辣字在中国的新篇章。

辣椒,提升了辣的速度、深度和广度。在辣椒输入之前,中国的辣,就我们的味觉感知而言,速度要慢得多。辣椒对人味蕾的俘获速度,没有哪种香辛料可以相比。辣椒的外形像火苗,它本身就给人以动感,而在吃的时候,辣味却更像闪电，它一瞬间劈开了你味觉里迟钝、黑暗的部分，甚至惊醒了你身体里最偏僻角落里的细胞。

但辣椒与中国传统的香辛料也并非水火不容，相反，有时还结合得很好，比如跟花椒结合就生出了麻辣。麻辣，该算是辣的一个分支吧。自从辣椒踏入国门，花椒的辣意已被夺去，就只剩下麻了。这麻，在麻辣里已只能处从属地位，像辣的跟班，替辣上下左右打点关系，比如麻痹味蕾等等，使辣更得以长驱直入。

除了麻辣，尚有香辣、酸辣、糊辣以及红油味、陈皮味、鱼香味、怪味、家常味、荔枝味、酱香味的辣等等，这些都是辣大大小小的支系。辣椒的原辣有凌厉的成分，浮躁，愤怒，莽撞，不负责任。合成后的辣就不同了，香辣是聪明伶俐，家常辣是温良淳厚，红油辣是雄健放达，糊辣是大智若愚，酱辣是满腹诗书……

能吃辣是一种口福，只有那些口腔有了相当承受力的人，才真正识得辣滋味，也才能真正理解辣的层次、分支与内涵。人们对辣味的层层范围的突破和领悟，也仿佛对应着对生活各个层面的理解。辣椒，像微型的人生教科书。

辣椒也用来喻人，《红楼梦》中的王熙凤外号就叫凤辣子。但在乡村，说小姑娘是辣椒，指其泼辣美艳，无贬义，且"椒""娇"同音，自有一份宠爱在里面。光阴环田绕户，夏露秋霜里，这些农家的女儿次第成熟，最后，都要换上一身大红的衣裳。这些小美女，缀在深深浅浅的绿叶中，呼吸相闻，笑语盈盈，如此活泼可爱，在秋风中难得有正正经经站稳身子骨的时候。

辣椒可以从夏初一直种到秋末。在乡下总有成畦的辣椒，但也有不少零零星星种在房前屋后的，只要有一个容得下脚的小空隙，辣椒就可以生长。辣椒从夏初长出角儿来就可以吃，吃到叶子黄落了，还挂有许多红艳艳的小灯笼。冬天，大地萧索，或大雪封门，挂一串串辣椒在屋檐下，那艳艳的红有持久的暖意。

辣椒在最后彻底成熟的时候都是红的，那红，是用汗水一点点喂大的红，也是更切合田园生活深意或乡村女儿的红，类似亮亮的面颊上的红，或者红头巾的红，当然，也是能把日子照料得红火的红。

萝卜带来的
都是好心情

Radish

徐州城里一大怪,萝卜当成水果卖。

阳光普照，大萝卜上市。萝卜带来的都是好心情。

小时候每到冬天，常见到一幅拔萝卜的年画，画中萝卜大半露出了泥土，被拔得呈倾斜状，三个儿童还在拉着萝卜缨子使劲儿拽，年画中的萝卜比三个儿童加起来还要大，以示丰收。那时还流行一首儿歌："拔萝卜，拔萝卜，哎哟哎哟拔萝卜……"因这歌儿整天顺在口上，所以一直记得。

我的家乡多种红萝卜，皮淡红或紫红，肉雪白，味道是甜脆中带着辣气，小孩子跟着大人生吃，往往吃上几口就辣得流口涎，丝丝吸气。我小时几乎吃不到水果，萝卜就是水果。

萝卜是越冬的菜，吃法生熟皆可。生吃，切丝或切片，用盐或用糖醋凉调。那时糖也少见，通常还是吃咸。熟吃不外炒、煮汤、烧。大块的萝卜要合肉才味美,可惜四季无肉,别说人的口舌,连萝卜本身大约都会感到寂寞寡淡吧。

萝卜俩字很少出现在诗词中,入对联,我只记得郑板桥写过一个:"青菜萝卜糙米饭,瓦壶天水菊花茶"。此联像素食主义者的写真,还混合着清教徒的劝诫和士人的闲散意味,挂在富贵或官宦人家的厅堂里是合适的,但对于不见荤腥的小民百姓,有些扯淡。

萝卜是俗称,或曰小名儿,它还有许多官名,如莱菔、雹葖、荠根、芦菔、紫菘、芦萉、秦菘,等等。《诗经·谷风》有云:"采葑采菲,无以下体",这个菲也是萝卜,大约可算萝卜最古老的称呼。一有了官名,入诗就容易多了,宋苏东坡"秋来霜露满东园,芦菔生儿芥有孙",元许有壬"性质义沙地,栽培属夏畦,熟登甘似芋,生荐脆如梨。老病消凝滞,奇功直品题。故园长尺许,青叶更堪齑",都是赞美萝卜的。这些老先生们都是文章大师,作诗如授徒,不叫学名大约总以为不算正经吧。但他们即便是在诗里也承认：萝卜是家常菜。

过去，萝卜和白菜一起，构成了普通人家越冬的主菜。储存的方法跟红薯或白菜差不多，窖起来或埋起来。萝卜之所以能成为越冬主菜，与其产量有关，种一亩萝卜，几板车都拉不完，另外，还与其菜性有关，李时珍在《本草纲目》中说它是"蔬中最有利者"，这评价高得很。《本草纲目》是药书，李老先生看重的是它的药用价值。现代中医认为，萝卜味甘辛、无毒，有解酒毒、散瘀血、消食、顺气、化痰、止咳、利尿、补虚等作用，还具有一定的抗癌功能，俗云"吃萝卜喝热茶，气得大夫满街爬"。明徐光启说它"凶年亦可济饥"。可见萝卜曾是维持普通人家生活下限的菜，冬天若连萝卜都没有，日子肯定不好过。

越冬中的萝卜有时会生芽子，生过芽子的萝卜，皮肉由瓷实渐渐变得干松，到了春天，有的已枯败如棉絮，几不可食。

我年纪稍长才见到青萝卜，内外一色，街头常有卖的，青青翠翠，有的还带有一径绿缨，花几角或一块钱买一个，甜脆多汁。过去徐州有民谣："徐州城里一大怪，萝卜当成水果卖。"可见卖青萝卜的不少。

也有的萝卜外皮青，肉却红白青紫相杂。萝卜是朴实的，但它未必没怀抱过五彩缤纷的梦想。

气萝卜是结过籽的萝卜，晒干，挂在屋檐下，遇有人胀肚子或积食，煮水喝，有奇效。

水萝卜较小，如蒜头或山楂果大小，红白皆有，味道似比大个的萝卜好。但这好味道也可能只是一种错觉，为其外形娇小可爱。

巨大的白萝卜，我到南京才看到，粗如小型的暖瓶。过去南京市民曾被戏称为"大萝卜"，大约就是拿这种萝卜来作比的。不过依我看，南京的市民精明得很，此说显然不确。

把人比喻成大萝卜，喻其愚钝，但还暗存憨厚意。若前面再加上"花心"二字，就太刻薄了。有首歌曾一度流行，歌词有："别假惺惺爱我/像花心大萝卜/别软趴趴看我/装可怜来骗我……"以此讽刺恋爱中的男人，够损的。

但另一首歌也以萝卜喻恋人，却可爱。那是一首电视连续剧的插曲，电视剧名字记不太清了，歌词却记得几句，中有"红萝卜的胳膊白萝卜的腿，花芯芯的脸庞红嘟嘟的嘴"等，比喻的是美丽女性。这样的比喻，比使用花儿朵儿来作比更多了一份清新淳朴之美。

萝卜太大众化，有人以为它无诗意，与高雅挂不上边，其实未必。"头戴翡翠冠，外披彩霞衣，身如洁白玉，根是人参须。"瞧，它使家常生活本身就成了朴实的诗。而且，许多高级宴席，上面精美的雕塑也是用萝卜做的，原因很简单，其他的菜不合适。过年的时候，也有人家把萝卜去尾，挖空，里面种水仙，或简单的丢进去一窝蒜，用线高吊在阳台上，萝卜的缨子倒卷着长上去，加上水仙或蒜苗的青绿，清雅。它有个好听的名字：岁朝清供。

但萝卜说到底还是菜。它从一出苗就可以吃,一直吃到长大,收进窖里接着吃。除了果实,它的缨子可以腌咸菜,或晒干了存起来,到了正月,用来包角子。

黄花菜,母亲菜

Daylily

黄花菜的花期只有一天,朝开暮谢,早晨是它最好看的时候,花冠如钟,黄如柠檬色,花丝细长,绚丽而又不甚张扬,那种美,实在是一种静好的美。

现在的母亲花，很多人以为是康乃馨。但这只是西方习惯，中国也有自己的母亲花，是萱草。《诗经·卫风·伯兮》"焉得谖草，言树之背？"。朱熹注："谖草，令人忘忧；背，北堂也。"谖草就是萱草，"背"与"北"通，指母亲住的北房，全句意为：我到哪里弄一支萱草，种在母亲堂前，使她没有忧愁呢？孟郊的游子诗："萱草生堂阶，游子行天涯；慈母倚堂前，不见萱草花。"叶梦得的诗："白发萱堂上，孩儿更共怀。"都是把萱草与母亲连在一起。在古代，萱草就已是母亲花了。

萱草入诗，是书面语，它通俗的名字叫黄花菜。这个名字几乎人人皆知。在民间，它还有许多名字：忘忧草、金针菜、安神菜等，萱草之名倒不重要。以菜名之，注重的是它的实用价值，标志与寄予倒在其次，这也是贴近民间性的，宛如儿童眼里的母亲，容貌的美丽并不重要，亲贴与依靠才是最重要的。

　　黄花菜似乎是可以随处生长的，天井、沟渠、背阴或向阳，对它似乎影响不大。记得小时候，我们村子外面很大一块地里有许多野生的黄花菜，那里是废黄河滩，不入册集的荒地。黄花菜一蓬一蓬的，在黄沙里很是茂盛，有的比我长得还高。开花的夏日，趁着清晨的凉爽去采花，实在是很享受的事，叶子上滚动的露珠，花草淡淡的清香，在少年的体内渐渐完成了与温热梦境的交换，我常常是在草地里才彻底清醒过来，看着母亲的篮子里，金色的花朵堆积。母亲头上的毛巾，被露水扫刷湿透的裤脚和她的面颊、健壮的手臂，在这早晨的劳动里似乎都有清新的寓意。远处的芦苇丛中时有水鸟在啼啭，天地很静，黄花菜叶子因我们的趟动而摇晃，我也掐下来几朵花放到母亲的篮子里。对我这个小人儿的劳动，母亲并不夸赞，但眉眼间有的是疼爱和欣喜。

黄花菜的花期只有一天，朝开暮谢，早晨是它最好看的时候，花冠如钟，黄如柠檬色，花丝细长，绚丽而又不甚张扬，那种美，实在是一种静好的美。

花朵晒干了作菜，《群芳谱》说它："春食苗，夏食花，其雅牙花的跗皆可食。"黄花菜无论干鲜，都是菜中珍品，鲜美可口，配荤素素均宜。但鲜黄花菜烹调时，火力需大，要炒熟，半生不熟则会引起中毒。我小时候常吃凉拌的鲜花，但也要先在开水里焯透。

黄花菜的花、叶、茎、根都入药。

我一直以为黄花菜是只适宜生在乡野的，但近读古人诗才知大谬。唐韦应物"何人树萱草，对此郡斋幽"，明高启"幽花独殿众芳红，临砌亭亭发几丛"，说的都是种在高舍华堂处的，有贵族气。清姚永概《咏常季庭前萱草》中"阶前忘忧草，乃作贵金花"，更是一派富丽的金色。忘忧草，这是它的另一个名字。我的母亲已老了，许多疾病常常使她痛苦，我多么希望她能忘却痛苦忧愁。

大蒜的江湖

Garlic

大蒜，带着点野气，甚至带着点匪气，但更多的是英雄气。

小时候，母亲出谜语"弟兄七八个，围着柱子坐，一说要下山，衣服都撕破"，让我们猜是什么，我和弟弟齐声答："蒜！"

答得准确，不在于我们善于猜谜，而在于这谜面古老相传，不知多少年月了。况且母亲常常忘记，这谜她早已出过多次，我们没有记不住它的道理。

但我仍然喜欢这谜语，在于虽然是一些蒜瓣，却像好汉，类似《水浒传》中人物。一帮兄弟呼啸下山去，干什么？自然是闯荡江湖，纵横人间，做惊天动地的事业。

在幼小的心灵中，江湖梦总是让人激动，而它就藏在一则谜语里，虽然我们吃的蒜瓣，总被母亲放在锅里蒸到熟香软糯，但那生蒜头的辛辣谁没领教过。有时遇见了大个儿的蒜头，就把它想象成了银灿灿追魂夺命的流行锤，敬畏得很。

大蒜，带着点野气，甚至带着点匪气，但更多的是英雄气。蒜的江湖，自然在台面之上，鼎镬之间，从青菜小炒到大鱼大肉，到处都有蒜的侠踪。近日天寒地冻，城市里吃火锅的人剧增，在热蒸汽的冉冉升腾中，总是听得有人说：来一碟蒜泥。

许多菜肴是缺不了蒜的，不要说大小宴席，即便是在旅行中，干饼冷馍，若得几瓣大蒜佐食，冷涩的味蕾也会即时生动。我想，人体内的五脏庙里，应该天然供着蒜的神位，蒜香不到，寝食难安。十道菜里八道有蒜，没有蒜的帮忙，咱们的胃口必然大面积陷入黑暗，而厨师们手中的大砍刀，肯定不会像现在这样耀武扬威，所向披靡。

蒜草莽气重，有股横冲直撞的味道，古人医书中说它"属火，性热，善化肉"，引申就是"辛熏之物，生食增恚，熟食发淫"。恚是怒，显然是乱性之物，所以《楞严经》列它为五荤之首，禁食。这个"荤"字，现在理解为肉鱼之类，其实肉鱼古代归"腥"，荤指葱蒜等蔬菜，看看它的草字头就知道，荤原是指蔬菜的。但我前些日子在一家寺庙里吃素斋，虽无鱼肉，却时见葱蒜，可见师傅们佛经还未读得通达。

蒜不会改其辛辣，入得寺庙，也应属鲁智深一党。鲁智深让人又恨又爱又怕，蒜亦如此。人们对待大蒜，总是充满了矛盾的。

比如，就其气味，有人呼为蒜臭，饭罢要漱口刷牙嚼口香糖；有人誉为蒜香，如蒜香蛏鳝、蒜香脆皮鸡都是名菜，宋人罗愿《尔雅翼》甚至记载"胡人以大蒜涂体，爱其芳气……"这"芳气"一词，值得为之浮一大白。

比如有人说吃蒜能致视力模糊，可有人又说它"初食不利目，多食却明"，意即吃多了眼睛就亮了。

比如蒜是配料，可在菜肴里地位重要，人们给菜命名时，又常常蒜字打头，无锡名菜蒜茸蒸蟹、江堰名菜独蒜烧石爬鱼皆是也。

比如蒜虽被认为是味重发热之物，可医家又说它

"久食令人血清"。它气味不好闻,却又能去腥膻,"置臭肉中能掩其臭"。道理讲得兜兜转,转了一圈,又回来了。

说来说去,从思想深处,人们对蒜还是无法舍弃,所以蒜一直稳居在我们的菜谱中。又因其属于"有缺点的同志",虽然也入得朝堂,大体上却还是民间身份,比如它很少出现在古人诗词中,一些民间小调如竹枝词中倒有它的身影。有一首《竹枝词》写得好:"夜半呕哑拨橹声,菜佣郭外听鸡鸣。青菘、碧蒜、红萝卜,不到天明已入城。"碧蒜,多么动听的名字,蒜薹清新,蒜苗可人,蒜在成长中,竟是如美丽的邻家小妹的。

蒜薹、蒜苗也有辛烈气息,但都是我所爱。虽然我一向仰慕君子之风,可面对大蒜却无法温文尔雅,有时坐到餐桌前也颇费踌躇,可美食当前,岂能放过,至于口气问题,也就只好"蒜"了。直至吃得满头大汗,像条莽汉,才知道这是自己的真面目,平时的西装革履,一副精英模样，只是"装蒜"。

蒜中无绅士，但蒜中有真性情。它辛辣的鼓动和诱导，正是要见人的真性情。

葱葱岁月

Scallion

陈师道是朴实的人，朴实的人吃饼，日子过得踏实。若再有青青绿绿的小葱侍候，像有清新美丽的夫人操持家务，再平淡的人间也是天堂。

小葱是怀旧的菜。我早晨散步，步行穿过天津新村到南艺（南京艺术学院）门口，一路上，卖葱油饼的摊子不下七八家，空气里弥散着葱花香气。看着身边买了饼边走边吃的学生，我仿佛又回到了青年时代。

在小区门口或狭窄的街道边，卖葱、蒜的小贩也让我感到亲切。他们大都是皖北人。我是徐州人，听口音，他们类我的乡亲。

葱油饼要热吃，所以，做葱油饼的铺子前大都不设桌凳，但有豆脑的除外。一块葱油饼加一碗豆脑，热热地吃着，晒在身上的阳光也暖了起来。若是豆汁更佳，一大碗，再来一大碗，吃得心情定下来，早晨也不显得那么匆忙了。

葱油饼是饼的美梦，因为葱香，面也跟着香得像得了要领，格外浓郁。

做葱油饼的是葱花。葱花以小葱为佳，因其香气更浓。小葱炒鸡蛋也很好吃，且做法简单，把葱切碎和鸡蛋打在一起，加一点盐，下锅炒熟就OK了。我小时候家里很少能吃到肉，小葱炒鸡蛋就是最好的菜。但鸡蛋也不能常吃，通常要用来换零钱，买油盐酱醋，如换到豆腐，就吃小葱拌豆腐。小葱拌豆腐——一清二白，这歇后语人人会，就像小葱天天吃。

小葱是葱的童年，吃小葱也容易回味童年。童年一晃就过去了，只有菜摊上的小葱鲜灵灵依旧，卖菜农妇的背影也依旧像祖母。

葱的品种甚多，小的时候几乎是一样的，及至长大，各不相同。长大了叫大葱。最大的葱据说能长到近两米高。如此魁梧的葱我没有亲眼见过，主席诗"海酿千钟酒，山栽万仞葱"，要用这种葱作比才好。

上中学时，班里新来了插班生，山东人，喜吃煎饼卷大葱。那种煎饼，直径总在七八十公分，葱则粗如胡萝卜，卷起来金灿灿的，端得威风凛凛，直如武松打虎的哨棒。他吃相亦威风，左一口，右一口，中间一口，腮帮子鼓得老高，甜脆之声动人心魄，引得我们直咽口水。不久混熟了，他再带了煎饼大葱来，大家便一拥而上，分而食之。后来我有机缘在鲁南赴宴，亦有煎饼卷葱，煎饼已裁为巴掌大小，葱亦一段段切成粉条粗细，大家很文雅地吃，而少年时代那种壮观的吃法，已多年不见。

山东大葱天下闻名，尤以章丘为佳，莱芜鸡腿葱、寿光八叶齐也很有名。但山东葱来到南京的超市，由于长途运输，即使剥掉一两层皮，也还是显得老，口感也粗，有人戏称为"大老粗"，已失了山东精神。

山东人自古爱吃葱，《庄子》有"春日饮酒茹葱，以通五脏"，《管子》有"北伐山戎，出冬葱与戎菽，布之天下"。庄周是山东人，管仲则在齐国为帅。庄周以葱佐酒，管仲以葱佐武力安天下，皆是让人热血沸腾的事，正当得大葱的一个大字。

葱还宜蘸酱吃，民谚有云："大葱蘸酱，越吃越壮。"葱辛辣，吃完了，去打场、耘田，一身的力气热辣辣地使。大葱，是切合劳动者精神的菜。

我还喜吃葱爆羊肉，用鲜嫩的大葱。葱大，才能斜切成块，配羊肉爆炒，大块葱大块肉，看着吃着都爽。

大葱之外还有香葱。香葱纤细，比筷子还细，有婷婷袅袅意。葱白细嫩白净，稍一用力折断，即滴出乳白色的浆液来。葱可生食，感觉上，香葱又尤宜生食。葱之生食类恋爱，熟炒了像过日子。香葱，一炒就俗气了。

葱自古多入诗，最有名的是汉乐府《孔雀东南飞》里形容刘兰芝的一句："指如剥葱根。"千百年来，历代文人想尽了各种招数，如方干《采莲》之"指剥春葱腕似雪"，吴文英《齐天乐》"素骨凝冰，柔葱蘸雪，犹忆分瓜深意"，但再无出其右者，皆为汉乐府的改装版，缺原创新意。

"指如剥葱根"的葱应该不粗不细才好，太粗如山东大葱，笨了；太细如香葱，妖了。我家乡徐州的小葱多如手指粗，吃，看，都有美人相。宋代徐州诗人陈师道有咏葱诗句"已办煮饼浇油葱"，写得朴实。

陈师道是朴实的人，朴实的人吃饼，日子过得踏实。若再有青青绿绿的小葱侍候，像有清新美丽的夫人操持家务，再平淡的人间也是天堂。

扫帚菜

Kochia

虽说是野生菜，扫帚菜却好像懂得人的心事。

店门前的花圃里长了许多扫帚菜。

这些菜，还小，大者不过尺许高，不见强势，但得生机。妻掐其嫩叶做菜。

扫帚菜，我小时候叫它扫帚miao子，miao一直不知怎么写，近来以为该是"杪"。杪，《说文》谓之"木标末也"；《方言》谓之"木细枝谓之杪……"。杪为树梢，但扫帚菜虽是草，也能长得高大到类似小灌木，占个"杪"字，也不是没道理。

扫帚菜长到一人多高，连根砍掉，晒干，中间用绳子拦紧，就是扫帚。

小时候，家里的扫帚有两种：扫帚杪子和竹扫帚。

竹扫帚太大，要大人使用，小孩子用它扫地，类似转动地球般艰难。扫帚杪子就不同了，大小可随意。扫帚菜不管长到多高，砍下来一样做扫帚。扫帚菜的枝条也有竹黄色，但柔软许多，暗许多。

我是痛恨竹扫帚的，连同它金色的光泽，以为那是炫耀和得意。扫帚秒子则质朴，脆弱，类似常被呵斥干活的小孩子的童年。

《本草纲目》说："地肤嫩苗，可作蔬茹"。"地肤"是扫帚菜的古名。李时珍在这里说得不甚准确。扫帚菜即便长到十分高大，仍有嫩枝不停蘖出。它的嫩叶儿永远都是有的，所以终其一生它都"可作蔬茹"，岂止嫩苗。

《本草纲目》还说扫帚菜"久服耳目聪明，轻身耐老"。我久服不可能，明日要回南京，今天且放开肚皮吃一顿。

妻调了凉菜。把扫帚菜放在开水里汆过，取出，沥去水，细切，调以精盐、醋、麻油、蒜末。扫帚菜好像一直就是这么吃的。有食谱上说把它炸了或炒了吃，我从没吃过。

扫帚菜即便在开水里汆过，叶子吃起来仍有粗糙感。或者不叫粗糙，是有点沙。能做扫帚的菜毕竟不同，吃的时候，类似用一把小扫帚在打扫，舌唇两腮都沙沙的。我小时候极不喜这种感觉，现在却喜欢，既像粗，又像粗中有细，或者说，是每片叶子都不愿一滑而过，而是想给口腔留下更真切鲜明的印象。医书上说扫帚菜能减肥、降脂、降血压，还能保护心脏。对于藏污纳垢的身体，扫帚菜真的是一把扫帚，吃一顿，等于给身体进行了一次大扫除。

扫帚菜还可做蒸菜，我小时候吃过，这次没吃到。

扫帚菜的叶子煮汤清洗，可治皮肤病；籽有清热功效，能治膀胱炎。

扫帚菜不怕掐，越掐长得越旺。——虽说是野生菜，扫帚菜却好像懂得人的心事。

不撤姜食

Ginger

鲜脆是情，老辣是道。情到深时化作爱，化作满腔欢喜；道行深了就是药，就是看破红尘，治病救人。

孔子无疑是姜的忠实拥趸,他在《论语·乡党》中说:"不撤姜食。"两千多年前,要做到每食必有姜,不容易,要知道那时候他的老家山东还不种姜,现在有名的莱芜姜才不过百年历史。不过,孔子周游列国,吃姜,自然比一般人便利了许多。我怀疑孔子是个大大的美食家,因为他还曾说过"食不厌精,脍不厌细",对吃如此严谨,已不亚于对待学术研究了。只不过那时还不时兴大张旗鼓地提倡美食,他在这方面的才能也就被儒学之名掩去了。

孔子会怎样吃姜呢?以他"割不正不食"的习惯,是否也要把姜切得方方正正呢?我有时猜想,现在的厨师在烧菜时,抡起刀板,把一大块生姜啪一声拍个筋断骨折,往锅里一丢,当菜端上来时,孔子会不会不下箸呢?我想不出来。想不出来就不多想了,面对香气扑鼻的美食，口腔的反应总是比大脑要重要得多。

孔子吃姜，至少说明了两个问题：一是国人吃姜的历史不短，几千年了；二是姜的地位很高，毕竟能把大名写进《论语》的蔬菜，没几个。

姜属姜科，多年生草本，须根不发达，根茎肥大呈不规则状态。我们通常能见到的，也就是这不规则的根茎。我老家有人种过姜，姜棵的高矮，与小麦仿佛，叶披针形，一般不开花。不开花并非不能开，据说姜花还是挺漂亮的，在咱们这里不开，纯属气候所至，姜原产印尼一带，人家原是热带岛国居民，来到中国，类似于当年的知识青年下乡，受得委屈大了，推究起来，咱们心里难免还是会偶有愧疚的。不过，这且撇开了不提，毕竟味蕾需要，姜，还是要照吃不误的。

姜用作调味料，几乎所有的荤菜中都有姜的踪迹。由于生姜所特有的辛辣味可以去除鱼、肉中的腥膻气味，又可以增添独特的芳香，因此几乎无姜不成菜。姜亦可作正菜，没长成的新鲜嫩姜，少辣气，有甜脆意，用来炒肉，鲜美无比。姜还可作中药，《本草纲目》："姜，味辛，微温，无毒，久服去臭气，通神明，归五脏，散烦闷，解药毒，益脾胃，发散和中。"我小时候感冒风寒，家贫，连扑热息痛片也买不起，姜就是扑热息痛片，一大碗姜茶下肚，汗出如浆，豁然病已。吴文英《杏花天·汤》中有云："蛮姜豆蔻相思味。算却在、春风舌底。"姜茶微有甜味儿，到了词家笔下，不但甘香温暖，还能勾春引色、妙解风情。

为什么那么多的菜和药都离不开姜呢？值得深思。看来姜的作用，引申到社会学也是有意义的，比如某人被单位废弃不用时，也许就应该站在姜的位置上反思一下，说不定会有所觉悟。

姜，种类繁多，我偶尔上过一个与姜有关的网站，发现其关键词一栏列有：生姜、大姜、黄姜、老姜、菜姜、仔姜、鲜姜、砂姜、香姜、白姜、红姜、野姜、虎爪姜、凤头姜、阳荷姜、山东大姜、台湾肥姜……数量之多，看得让人头大。不过生活中所见，一般都是黄姜。黄姜香辣，气味浓烈，肉质结实，是姜中上品。但黄姜也只是姜出土后变化的一个阶段，其他还有新姜、老姜之分。新姜指刚出土的姜，皮薄肉嫩，味淡薄；老姜皮厚肉坚，味道辛辣，但香气又较黄姜为逊。新姜宜作配菜或酱腌，取其鲜脆。老姜除了做菜，还宜入药。鲜脆是情，老辣是道。情到深时化作爱，化作满腔欢喜；道行深了就是药，就是看破红尘，治病救人。

新姜惹人怜爱，宋刘子翚《园蔬十咏·子姜》："新芽肌理腻，映日净如空。恰似匀妆指，柔尖带浅红。"把新姜比作色泽细匀、微透淡红、半透明的女子手指，美妙得很。柳宗元的评价更高，"世人悠悠不识真，姜芽尽是捧心人"，他把新姜比作绝代佳人西施了。

有人把新姜比作少女，就有人把老姜比作少妇。俗语"老妞，干姜，越嚼越香"，话说得确实俗了点，但俗的道理却似乎特别有道理，心理学家菲尔德曼博士就说："魅力比年轻更重要……成熟女性完全可以胜过年轻少女。"岂止有道理，史实也多有印证，比如三国时，一向道德胜过"美色"的圣人关羽同志，让他不能自持的女人是秦宜禄的老婆。曹操所喜欢的女人中，也几乎全是成熟少妇。吴懿的妹妹，原刘璋的儿媳。刘备打入成都，便把她娶来做了老婆。姜是老的辣，虽然脱去了许多水分，但味道浑厚宽容，多了内在的吸引力，比之于女性，就是风度卓然，芳香独特，魅力的附加值更高了。

古人把姜比来比去都是女性，但我以为，姜的辣，更近于雄性之美。新姜是美少年，是白马银枪；黄姜是张飞，刚猛忠烈，带着点莽撞；老姜是姜子牙，雄才大略又老谋深算。这不同种类的辣，都是肝胆，是心肠，是武功，祛的是风寒邪气，扶的是人间正道。

苦瓜人生

Bitter gourd

苦瓜的苦,其实含了不合作,和孤绝的傲气。

癞葡萄像什么呢？像手雷，美国鬼子用的那一种，椭圆形，表面有瘤状凸起。这是我小时候的印象。那时候，村子里也只有杨木匠家种它，在他家绿瀑似的篱笆上大大小小地悬垂着。杨木匠的老婆是他从外地拐来的，据说曾经是个窑姐儿，人像玉做的，瘦，皮肤比一般人白。她被批斗的时候，脸更白。后来我见到长条形的苦瓜，觉得她就是那样子。

我们去偷癞葡萄。杨木匠的老婆看见了，在院子里说："拿去吧，能吃的。"我们就朝她瞄准，把癞葡萄扔过去，嘴里喊："咚！"癞葡萄苦，我们尝过，不能吃。我们以为她在使坏，才把癞葡萄当手雷用。

过了近30年以后，我才知道癞葡萄还叫苦瓜。我从城里回乡，杨木匠去世了，他老婆已是个瞎眼老太婆，脸上全是褶子，不再像玉，甚至不再像苦瓜，而像风干了的丝瓜。

苦瓜苦，有些人的人生比苦瓜还苦。在我们那个村子里，现在依然很少有人吃苦瓜。癞葡萄有人种，主要用作观赏。

我第一次吃苦瓜，是在四川的泸州。那是一道凉拌苦瓜，碧碧的，如翡翠。由于经过了处理，吃起来没臆想的那么苦，淡淡的苦意在凉凉的感觉里洇开，很快就消失了，就忍不住再来一筷。我学会了吃苦瓜，觉得那苦意更类似于清爽的代名词。那几日在青山绿水里流连，觉得彼地山水，都与这碧瓜有种精神上的通连。

再后来我在太湖吃到苦瓜，感觉依旧好，并且知道，在国内许多地方，苦瓜是被普遍种植和食用的。

在南京人的餐桌上，苦瓜很常见。大大小小酒家的菜单上，都有苦瓜。其吃法也多，如清拌苦瓜丝、绿豆凉瓜汤（苦瓜又名凉瓜）、苦瓜炒腊肉、糖醋苦瓜、干煸苦瓜、鱼香苦瓜、尖椒苦瓜、五味苦瓜、冬菜苦瓜，等等。

南京的历史上，曾有个叫苦瓜和尚的人，就是清初书画大师石涛。他是明皇室后裔，改朝换代后心中凄苦吧，所以取这名字。他后来归隐扬州，以卖画为生。据说他餐餐不离苦瓜，甚至还把苦瓜供在案头朝拜。苦瓜，在他那里已类似某种精神建筑，他住在里面，拉开了与俗世的距离。苦瓜的苦，其实含了不合作和孤绝的傲气。

与苦瓜和尚的精神寄托不同，现在的人吃苦瓜，更注重其营养价值。清代王孟英《随息居饮食谱》载："苦瓜清则苦寒；涤热，明目，清心。可酱可腌，味甘性平，养血滋肝，润脾补肾。"医家认为，苦瓜归脾、胃、心、肝经，有清热祛心火、解毒、明目、补气益精、止渴消暑、治痈的功效。大概苦能克甜，苦瓜还能降血糖。现在的高血糖病人，常被医生要求吃苦瓜。不但克糖，还能去脂。苦瓜里有种成分叫高能清脂素，据说对减肥有特效，因此它又常被营养师们作为减肥佳蔬向美眉们推荐。

减肥是件吃苦耐劳的事,常见的运动减肥法,是每天去操场跑个20圈,或者到健身房里折腾个死去活来。但现在不同了,吃苦瓜,仅仅就是"吃苦","耐劳"就免掉了,难度已减去一半。有苦瓜相佐,减肥也就不显得那么悲壮了。

肥胖之躯,仿佛富饶之国。苦瓜性苦寒,苦寒,类似于一种忆苦思甜的精神吧,像对身体进行的一次再教育。

苦瓜除了癞葡萄、凉瓜之名,别称还有很多:如锦荔枝。这大概是指椭圆形的苦瓜,因其形类荔枝。清叶申芗《减字木兰花·锦荔枝》:"黄蕤翠叶,篱畔风来香引蝶,结实离离,小字新偷锦荔枝。但求形肖,未必当它妃子笑。藤蔓瓜瓣,岂是闽南十八娘。"写得好。

如菩达、菩提瓜。苦瓜清心火,有佛性。苦瓜烹调时,还不会把苦味传给它搭配的菜,仿佛有君子之德。

君子之德也是佛性。

如红羊、恒菜。红羊美且活泼，恒菜似有深意。

如红绣鞋。苦瓜成熟时，瓜开裂，露出的是红色瓜瓤。

如红姑娘。这是我最喜欢的名字。表面有瘤和皱纹，怎么会叫作姑娘呢？还真的奇怪，苦瓜比喻姑娘，并不给人以丑的感觉。成熟中的苦瓜，有种锦绣般的诗意在里面。但你去生活中寻觅，又觉得找不到这么个人。红姑娘，类似一个梦。

Horsebean

软硬兼施吃蚕豆

把一粒坚硬的蚕豆和它的香粉碎的过程,有种值得回味的成就感。

吃东西，有人喜吃软，有人喜吃硬，有人是欺软怕硬，有人是软硬兼施。比如吃蚕豆，有人喜吃煮烂的蚕豆，去皮，仁儿像豆沙，入口就化了；有人喜吃炒蚕豆，嘎嘣嘎嘣，那响声，听得人牙根像过电。吃炒蚕豆练牙，我有一位表姥爷，七十多岁时牙齿不落一个，他一边嚼蚕豆一边说，现在的蚕豆不行，一点不硬。——实际是自夸牙齿好。

硬蚕豆，过去的北方多见，是零食，也是下酒菜。特别冬天，炒了蚕豆放在袋子里，有人来串门，就抓一把待客，看电视时自家也吃。若来的是男客，又赶上吃饭时，就吃炒蚕豆喝酒。还是我那位表姥爷，嘎嘣嘎嘣，嚼豆，用酒瓶嘴对嘴喝一口白酒，"咝……"吸气儿，酒辣豆香，很过瘾的样子。然后他用袖子擦一下瓶口，递与客人如法炮制。

两人共用一个酒瓶喝,不卫生。我那时这么想,且坚决不喝。后来,这种喝法绝迹,只炒蚕豆还在。

炒蚕豆,是将干透的老蚕豆在水里泡,然后混上沙土在锅里炒。蚕豆的硬度,与浸泡的时间长短有关。泡透了,蚕豆能炒爆,俗称开花,就松脆得多。也有根本不泡就直接炒的,又干又硬,没有好牙齿吃不动。我最怕吃这种蚕豆,每吃时,会想到关汉卿的话:"我是个蒸不烂、煮不熟、捶不匾、炒不爆、响当当一粒铜豌豆。"

换成铜蚕豆可能更合适。

煮蚕豆和炒蚕豆都香。煮蚕豆时要放姜、花椒、茴香,那香是混合型,而且蚕豆煮得面烂,香味也像散散的。炒蚕豆则不同,是蚕豆的本香,蚕豆炒得结实,香也被抱得紧,好像香味跟那蚕豆的硬是沆瀣一气的,跟你倒不一心。等到豆在牙齿间崩开了,香气迸发,也就分外的香。

把一粒坚硬的蚕豆和它的香粉碎的过程,有种值得回味的成就感。

煮豆和炒豆，南方北方皆有。煮豆，在南方叫茴香豆，也就是鲁迅小说《孔乙己》里的那一种。我怀疑茴香豆比我家乡的煮豆好吃，因为煮时还要加桂皮。前几年过绍兴，专去吃茴香豆，没有臆想中的好吃。当时在浙江勾留十多日，喝花雕，吃霉干菜扣肉、莼菜、海鲜等，茴香豆的美味，可能淹没在众多的美味里，才没有显著。

浙地称蚕豆为罗汉豆。罗汉豆之名，其他地方好像没有，这挺有意思。在对蚕豆的命名上，他们有些好玩的霸道，就像新中国成立前火车呜呜开到山西，停，换窄铁轨。

该地也有蚕豆之名，但指的却是豌豆。这也好玩，有"直把杭州作汴州"的味道。

等读《社戏》，我又怀疑青蚕豆比老蚕豆好吃。绍地的蚕豆似乎是大面积种植，既当菜又当粮的。我家乡不同，蚕豆只是补地角儿，多作菜用。我小时候在地里割草时，会剥几粒嫩蚕豆生吃，味道并不见佳。那时生活困难，母亲不用嫩蚕豆做菜，以为浪费。后来生活好转，集市上常有嫩蚕豆卖，我才知它的确比老蚕豆好吃，即便只用清水煮煮，加点盐，也是美味。

嫩蚕豆春末夏初上市，是立夏三鲜（蚕豆、枇杷、杨梅）之一，但老得极快，价格一天掉一个档。等到蚕豆顶头上生出一条黑色的细线时，虽通体仍清碧如嫩玉，实际却已老了。

周氏兄弟，鲁迅只在回忆小时候的文章里写到吃，他不是美食家。他的弟弟周作人是。周作人早年的日记，几乎天天都有与吃相关的内容，比如"夜食比目鱼，即鲽鱼"，"下午吃螺丝"，"食松花团团"，"黄鱼上市"，"龙须菜上市"，等等。罗汉豆上市他自然也要大书一番，类似厨娘的记事本。但文章作得漂亮，连张爱玲也是赞赏的。

蚕豆，一般认为原产西南亚和北非，西汉时张骞自西域引入。它和小麦一样，是经冬的作物，有立霜傲雪意，春天开花，似细小的粉蝶，少艳色。也许是貌不出众吧，古诗人吟咏者不多，清朝却是个例外。

如叶申梦的《醉花阳·蚕豆》：

种向中秋收待夏，久历三时也，花吐宛如蛾，荚宛如蚕，形肖实难画。
自来题写怜应寡，仅诚斋诗话，欺蜜复欺酥，甘软相兼，佐我盘餐雅。

如汪士慎的诗：

蚕豆花开映女桑，方茎碧叶吐芳芬。
田间野粉无人爱，不逐东风杂众香。

再如陈奎勋的：

> 蚕眠非我土，豆荚忽尝新。实少腹犹果，沙迟醉几巡。
>
> 名齐金氏薯，味敌陆家莼。植物留遗爱，农歌久未湮。

写得都不怎么好，但尚有田野风气。

此外，我只见过南宋杨万里的一首。虽只一首，却比这几首都好：

> 翠荚中排浅碧珠，甘欺崖蜜软欺酥，沙瓶新熟西湖水，漆榼分尝晓露腴。
>
> 味与樱梅三益友，名因蚕茧一丝绚，老夫稼圃方双学，谱人诗中当稼书。

"甘欺崖蜜软欺酥"，真有这么好吃吗？诗人好夸张，面对美食尤其夸张。而食蚕豆者甘香自知，不必太把诗人的话当真。

青豆热爱走群众路线

Green soybean

吃豆豆,长肉肉,不吃豆豆精精瘦。

青豆就是毛豆。毛豆，就是籽粒尚未完全成熟的大豆。

青豆要怎么才好吃？依我的经验，我们小时候用火燎的最好吃。燎，字典上的解释是"挨近了火而烧焦（多用于毛发）"。这跟我们燎毛豆区别甚大，毕竟毛豆棵儿青青，饱含汁水，与见火就着的毛发相去甚远。

豆是毛豆，火是野火。燎毛豆要选好时节，最好是在初秋，也即暑假开学后不久。不能太早，比如夏天，豆粒尚未长成，而且万木青青，连一片枯叶也不见，没燃料。也不能太晚，到了秋末，豆粒儿变硬，硌牙，就不好吃了。初秋，一般是上学或放学的路上，在树林里，或者河沟的坡上，寻些枯叶和枯枝，再从生产队的大田里拔些毛豆来，偷偷地把火点着了，先是烟，接着是黑红的火舌翻卷上来，然后是透亮的火苗欢快地跃动。这时候把毛豆棵伸过去，在火里燎，豆棵上的叶子也慢慢跟着燃烧起来，火苗在金色的阳光中，轻盈，透明，调皮，不事张扬。一切都是那么安静，只有火苗细小的呼吸声和枯枝偶尔的断裂声，只有我们急切、快乐而又有些担心的心。我们不断地用褂子扇着，不让柴火起烟，以免被看庄稼的人发现。我们不时地站起来朝远方观望，警惕性不亚于偷食的田鼠。

火苗里很快飘出了香气，先是<u>丝丝缕缕</u>，接着是毛豆的香混合着水气吱吱地从豆棵的荚和茎里往外钻。毛豆熟了，我们一边忙碌，一边喉结大动，不停地吞咽口水，有性急的就用手去揪热烫的豆荚。剥开黑乎乎的豆荚，翠绿的青豆粒儿冒着热气，死命散发浓香。当年和伙伴们吃豆粒儿的样子，现在想来极为滑稽，因为烫手烫嘴烫舌，大家边吃边吸气，吹气，摇头，或跺脚转圈儿，当真是怪态百出。

但这样的野火已经只躲在童年深处。有二十多年了，我虽然仍喜欢吃青豆，但再没吃过燎的。要吃，只能从菜市场直接买来豆粒，炒了吃，或烧菜。有时买了豆荚，洗净，用盐水煮，然后边剥边吃。

盐水毛豆，在徐州的菜馆里是下酒菜。即便有手剥的趣味，比起我小时候的燎毛豆，味道似乎还是差了不少。但这也许只是偏颇的感觉。童年时燎毛豆的实际味道或者没有我回忆中的那么好，但它里面包含着的偷偷摸摸和煽风点火，以及紧张、刺激和野趣，都不是现在的青豆所具备的。

大豆为豆科、大豆属一年生草本植物，原产我国，已有5000年的种植史。说起来，大豆还真为我们带来了不少骄傲，因为世界各国栽培的大豆，都是直接或间接由我国传播出去的。青豆，又名青大豆，又分为两种：青皮青仁大豆，青皮黄仁大豆。我小时候吃的都是青皮黄仁大豆。里外全青的，我工作后才吃到。做菜时，保持籽粒完整的情况下，两种青豆从营养到味道都没多少区别。如果打碎了做菜，全青的更有优势。比如做青豆泥，全青的磨碎后，绿如翡翠，以红枣、枸杞、葡萄干、莲子、花生等为点缀，蒸为七宝青豆泥，味道、品相均绝佳。

作为粮、菜两用作物，青豆含丰富的蛋白质、氨基酸。它味甘、性平，还具有健脾宽中、润燥消水的作用。《本草求真》中即有"烘青豆治内热郁蒸"的记载。烘，是把青豆沸煮，再烘干。国内的烘青豆似以天目山最有名，不硬不软，色如翡翠，味界咸淡之间，又略呈清甜，可作休闲佐餐，也可助品茗，或佐酒。

与烘同样有趣的是熏，也是先把青豆沸煮，再放到炭墼上熏烤。熏青豆碧绿生青，软硬适中，小吃过粥皆宜。

烘青豆和熏青豆都是普通人家的家常小吃。青豆，最热爱走的，仍然是群众路线。

青豆做菜，不易入味。若是干的，须先泡软；若是炒菜，须先过油。过油，饭店里较方便，家庭不便操作时，要先煮几分钟致半熟才好。煮汤，烧菜，则事先泡软即可。

青豆也可作菜的点缀。如咖喱鸡蛋包饭,在金黄的蛋皮和艳红的咖喱酱上,撒几粒青豆,一片艳俗立即被这点滴清雅化了去,仿佛一首诗有了诗眼。

大略源于不易入味,现在有许多小孩子不愿吃青豆。但其营养又为儿童成长所必需,所以总得要哄着他们吃下去。我记得女儿小时候不爱吃豆,我从某本书上看了首吃豆的儿歌:"吃豆豆,长肉肉,不吃豆豆精精瘦。"每临吃豆,必与女儿共同念之背之。女儿名青青,每念到"精精瘦",她就认真纠正道,不对,不是"精精瘦",是"青青瘦"。我们便一本正经地承认错误。这法子,倒也哄她吃了些青豆。

有时候连这法子也失效,她懒洋洋的,不念,青豆递到嘴边就摇头。我便想起自己小时候吃燎青豆的馋相,不免在内心里轻轻叹息:青豆,在不同时代的儿童那里,境遇已是如此不同。

夜雨剪春韭

Chives

人也仿佛只有尝了头刀韭菜，才会觉得春天真的来到了。

假如想做一个懒惰些的菜农,最好去种韭菜。因为韭菜是多年生蔬菜,一次种植后可连续采收多年,割了又长,长了又割,几乎不用换茬翻耕。也就是说,韭菜种下后,你只要再预备一把镰刀就够了。韭菜类似老婆,娶回家后寒暑不易,省心;其他菜类似情人,要看季节,且需小心侍候,累得多。

菜蔬繁多,性味各异,有人喜芦蒿,有人厌香椿,有人对胡萝卜不咸不淡。但在对韭菜的喜爱上,大家都无异议。我就餐的食堂,偶尔有韭菜,如韭菜炒鸡蛋,韭菜炒虾米,或韭黄蛋饺之类,很快就会被人分食个干净。

与许多封建社会中晚期才进入中国的菜蔬不同,韭菜是地道的中国菜。《诗经·豳风》:四之日其蚤,献羔祭韭。那时不光已经有了韭菜，它还是祭品，在菜蔬中地位很高。《礼记》也说，庶人春荐韭，配以"卵"，大概是用鸡蛋炒韭黄祭祖宗之意。韭黄是埋在土里的韭菜嫩芽，营养较韭菜略低，鲜味却有过之而无不及，乾隆时"韭黄肉饺"曾列入御膳食谱。可见从中央到地方，从灶台到祭坛，都少不了韭菜。韭菜是得到了各阶层人士喜爱的菜。

大概因韭菜味美吧，汉代的时候，宫廷就试图在冬天里培育韭菜，《汉书》载："太官园仲冬生葱韭采茹，覆以屋庑，昼夜燃蕴火，待温气乃生。"这也许是中国最早的温室种植了。

关于韭菜的诗句，直到现在，最著名的大概还得数杜甫的那两句："夜雨剪春韭，新炊间黄粱。"春韭的鲜香加上故人的情谊，曾给亡命乱世的大诗人以无限安慰。韭菜的味道的确以春天时最美，自古以来，赞扬春韭者不计其数。《山家清供》载，六朝的周颙，清贫寡欲，终年常蔬食。文惠太子问他蔬食何味最胜？他答曰："春初早韭，秋末晚菘。"周颙真是韭菜的知音。

韭菜的吃法很多，可以煮粥，做菜合，也可以用来炒虾皮，炒鸡蛋，炒肉丝，炒豆腐……炒豆腐尤妙，是先用锅将豆腐烘得黄黄的，然后弄碎了与韭菜合炒，干香开胃，可谓价廉味美。韭菜还可以腌，法子与腌咸菜无异，几天后就可以拿出来切了生吃，别有风味。

韭菜味辛列浓郁，合荤、素食皆宜，也可做调味品，起到葱、蒜之效，如北方人吃煎饼夹葱，过了长江则换成了韭菜末。再如炒绿豆芽，撒入少许韭菜，再撒上些红椒丝，合炒，提味，又不掩绿豆芽的清爽。在颜色和味道上，红椒丝是明修栈道，韭菜是暗度陈仓，各行其道，相得益彰。

秋韭亦美，不亚春韭，是以民间谓之"两头鲜"，夏韭较老，不宜多食。《本草纲目》说："韭菜春食则香，夏食则臭，多食则神昏目暗，酒后尤忌。"但夏天的韭菜花是美食。盛夏，雨水沥透，到处都在冒烟，到处都是青青的合唱，开了花的韭菜也更有女性气息，细碎的小白花，像小姑娘仰着好看的脸儿，清澈的眼睛里，满是憧憬。这时节，空气也像酿成了透明的好酒，老韭菜自己也醉倒成了一地丝绸。

《本草纲目》还说："韭……乃肝之菜也。"谓韭菜养肝，有温中下气、补肾益阳等功效。这低低的贴着地面生长的菜，也仿佛真的是有肝胆的菜。汉代民谣："发如韭，割复生……吏不必可畏，民必不可轻。"韭菜被用来比喻平民的反抗精神。《聊斋志异·聂小倩》中，侠客燕赤霞那枚能够"裂篋而出，耀若匹练"降妖伏魔的宝剑，也小如韭叶状。韭，充溢着侠肝义胆的气息。

由于温室早已普及，即便在风雪搅天的寒冬，菜市的柜台上也摆着鲜绿的韭菜。但只有到了早春，韭菜青青的脚步，才像是真正押住了季节的韵脚。"渐觉东风料峭寒，青蒿黄韭试春盘"（宋·苏轼），从心理上讲，人也仿佛只有尝了头刀韭菜，才会觉得春天真的来到了。

椿芽香

Chinese toon

生活清苦，时常会有烦心事，椿芽和酒的香，却仿佛能穿透肺腑，渐渐打垮了他的心腹之患。他快乐起来。

我前面写过一篇《黄花菜》。黄花菜，学名萱草。而在中国的传统中，萱与椿是常常合用的。如明代朱权《荆钗记》："不幸椿庭殒丧，深赖萱堂训诲成人。"这里，椿萱喻父母，椿，则是父亲的象征。

椿，就是香椿树。萱草是中国人的母亲花，香椿树就是中国人的父亲树了。椿芽，是香椿树头冒出的嫩芽。

椿芽好吃。不但好吃，就营养价值来说，它富含胡萝卜素、维生素B、C，以及优质蛋白质和磷、铁等矿物质，远高于一般菜蔬。中医还说它具有清热解毒、健胃理气、杀虫、固精等功效，所以是宴宾的名贵佳肴，通常被列为"小八珍"之一。

椿芽虽然名贵，但古今的吃法几乎没有变化。最简单的是冷拌，把洗净的香椿头放到开水里焯一焯，待香椿转绿即捞出，沥水，加盐，即可食用。

此外，家常吃法尚有香椿炒鸡蛋，香椿拌豆腐等，皆美味。四川的椿芽炒鸡丝，陕西的炸香椿鱼，更是久负盛名的地方传统菜。

我的父亲爱吃香椿。早春二月，当香椿树仅仅萌发了几个小红点的时候，父亲会用鸡蛋壳罩在香椿树的枝头上，等椿芽蜷了满满一鸡蛋壳时，摘下。这样的椿芽更加脆嫩，风味殊绝。

未经鸡蛋壳罩的香椿，就轻盈地伸展开来。椿芽，从颜色到造型都漂亮，叶厚芽嫩，绿叶红边，望去，犹如玛瑙、翡翠雕成的羽毛。椿芽冒得盛时，整个树都被一种淡淡的清香笼罩。

看父亲吃香椿是欣慰的。椿芽的香，是清香，但又不是一般意义中的清香，咀嚼中，香气会变得悠长而浓郁。父亲吃椿芽时，还喜佐酒。夹两筷椿芽，啜一口酒，他的眉毛额头都越来越舒展。生活清苦，时常会有烦心事，椿芽和酒的香，却仿佛能穿透肺腑，渐渐打垮了他的心腹之患。他快乐起来。

但现在，年老的父亲遵医嘱已几乎不饮酒，只在吃椿芽的时候，倒一点白酒，常常是饭毕，一杯酒还要剩下大半。他早年为生活打拼，一直率性为之，不料晚年却不得不节制。在椿芽的香气里看着杯中残酒，常让人心中恻然。

春天里，香椿芽蓬勃地生长着，但转眼就会被采光。春天的香椿树，是痛苦还是快乐呢？我不知道，我们唯知道椿芽好吃，总是采了又采，直到谷雨过后，香椿的叶子变了味道，才作罢。"雨前椿芽如嫩丝，雨后椿芽如木质"，谷雨过后，春天也尽了，椿芽纤维老化，虽有香气，已不可食。

椿芽还可腌吃。我的母亲精于此道，夏天来临，我家的餐桌上常会有腌香椿一道。腌香椿里多了份醇香，味道亦美。

家乡的香椿树多不高大，不过数米上下。为了方便人采摘吧，有的才一人多高，枝条旁出，类灌木。高大的香椿树，我前些年到离徐州不远的皇藏峪山中游玩时才看到。数十米高的香椿，兀立在寺院侧，使我蓦然想起庄子《逍遥游》中的话来："上古有大椿者，以八千岁为春，八千岁为秋。"香椿树不但是父亲的象征，还是长寿的象征。

古人诗词中写到香椿者很多，如"椿龄无尽，萝图有庆，常作乾坤主"（宋·柳永）；如"溪童相对采椿芽，指似阳坡说种瓜"（元·元好问）……但写得最好的，我以为，还是唐代牟融《送徐浩》中的"知君此去情偏切，堂上椿萱雪满头"。

"堂上椿萱雪满头。"这样的句子，只要在心头念一念，就让人止不住要落泪了。

土豆的土与洋

Potato

马拉着车在田地里走,叮当叮当……土豆们在泥土下听着、兴奋着。已经是收获季节,马车进地,像起床铃,众多的土豆兄弟就要被刨出土来。

苏北或鲁南的乡村，在麦收时节，家家要备菜，备的最多的，一般是土豆。之所以选土豆，是因为农忙时节，抢收抢种，人们没时间去赶集，而其他菜又不易贮存，只好买土豆。买上一口袋放在厨房里，能吃上个把月。

即便只有土豆，它仍然是称职的，炝土豆丝，炒土豆片，偶尔来个土豆烧肉，都很下饭。20世纪80年代后期又引进了包菜。包菜最多吃个十来天，吃着吃着就老了。我曾吃包菜吃倒了胃，看见它就恶心，但对土豆却是百吃不厌。

割麦子的时候，父亲领割，弟妹都还小，力气弱，跟不上趟，父亲就讲故事，讲《小二黑结婚》《三里湾》《吕梁英雄传》。为了听故事，他们不自觉地加快了速度。我父亲是 20 世纪 50 年代的大学生，后来回乡劳动。文化就是生产力，在改革开放还没开始的时候，他似乎已经知道了这一点。

父亲讲的故事，都来自一个叫"山药蛋派"的文学流派，主要作家有赵树理、马烽等人。他们写的都是农民。农民的"土"，就像山药蛋。而山药蛋是土豆的别名。

厨房里放着土豆，听着土豆派作家写的故事，干着农活，这就是最质朴的乡村风景。土豆，这种在泥土里默默生长的圆头圆脑的菜，和土生土长一生最后重回土中的农民，在精神上是一致的。白连春有一首题为《土豆》的诗，把这种精神写了出来："悄悄地爬着前进，对于泥土底下无边的黑暗，土豆一句话也不说，它只是悄悄地爬着前进，穿过石头的缝隙，穿过阳光和雨水……它的力量来自种它进泥土的手，以及渴望庆祝它的胜利的眼睛，还有那个等待用它来填饱的肚……。"

我把原诗的分行取消了。农民诗人白连春，他的诗质朴得完全不用分行。

土豆还有个名字叫马铃薯。这个名字有意味。马的铃铛，似与旅行有关，与"鸡声茅店月，人迹板桥霜"之类有关。土豆体内，真的藏着这样清远的风景吗？不，它最多与耕地拉车的马铃铛有关。马拉着车在田地里走，叮当叮当……土豆们在泥土下听着，兴奋着。已经是收获季节，马车进地，像起床铃，众多的土豆兄弟就要被刨出土来。

但土的连渣都几乎不掉的土豆，却是个真正的"洋插队"。它还有个名字：洋芋。这是相对于中国的芋头而言的。从这名字上，已经可以窥见它的出身。对于舶来食物，中国人最早冠以"胡"字，如胡瓜。到明代的时候还用"番"字，如番薯。用"洋"字的时候，国民心态已有了问题。土豆原产秘鲁，后来传到欧洲，清朝时经由海路传入中国。那时候，中国在世界上的地位，已经不复往日的强盛。

在对土豆的身份定位上，咱们也有"崇洋媚外"之嫌。在欧美，土豆是粮食，有"第二面包"之誉，在法国还被称作"地下苹果"。它与稻谷、小麦、玉米、高粱一起并称为五大农作物。但来到中国后，就很少被当作粮食，而是做菜用。从粮到菜，身价倍增。

但后来，这种农作物在咱们中国的土地上，已经完全"土"化了，它甚至还土到名叫地蛋，可谓一土到底。在越来越土的过程中，它跟中国最底层的农民、市民打成一片，成为大众厨房里最常见的蔬菜之一。土豆，是蔬菜界"土"吃"洋"最成功的典型例子。现在咱们吃土豆，吃的已经完全是它那种"土"味，不管爽脆的还是面烂的，都散发着一种最接近土地的气息，其香甜可口劲儿也全在这种"土"味中。没有这种"土"味，也就没有什么吃头了。

而且我怀疑，土豆这种早已遍布全球的农作物，也只有在咱们中国，才最终确立了自己的价值观。再土的东西，都是有自己的追求的。20世纪60年代，一位苏联领导人在演说中说："福利共产主义"就是"一盘土豆烧牛肉的好菜"。可你再看看咱们中国现在的土豆菜谱：香辣排骨焖土豆、葡萄干土豆泥、番茄奶油土豆团、香煎土豆肉卷、马铃薯笋焖鸡、甘笋素虾球、蚬肉马铃薯排骨汤、蟹黄芋丝、迷迭香烤土豆、拔丝什锦山药、土豆沙拉炸鸡柳、土豆罐焖鸡……看得人眼花缭乱。被誉为"苏式共产主义"好菜的土豆烧牛肉，在咱们中国这些光怪陆离的土豆菜前，岂不羞煞。

土豆进国门也晚，许多伟大的先贤诗人没有见过它们，因此很少有吟咏土豆的诗流传。仿古体诗词，我只记得咱们的伟大领袖曾写过一首，而且是针对那位苏联领导人的。大约是土豆太土了吧，连带的那词也是领袖众多作品中最土的一首。录几句如下：

　　还有吃的，
　　土豆烧熟了，
　　再加牛肉。
　　不须放屁，

试看天地翻覆。

　　　　——《念奴娇·鸟儿问答》（毛泽东）

　　这是很好玩的口语诗，有种天然的幽默感。土豆若有耳朵，听了这几句，大概也会相顾莞尔吧。

毛冬瓜

Wax gourd

冬瓜全身都是宝,其肉、皮、籽、瓤皆可入药。肉、瓤有利尿、清热、化痰、解渴之功效,还能治水肿、胀满、痰喘、痈疽等症。不但有药用,还是养颜极品。

冬瓜人人爱吃，但厦门集美的一些地方，把闹洞房称为"吃冬瓜"。不但吃冬瓜，还要作"冬瓜诗"，如：月圆花好是良时，新婚夫妇笑嘻嘻，虔意请我吃冬瓜，先演太公钓鲤鱼。其中"太公钓鲤鱼"是要新娘扮姜太公，新郎叼支香烟蹲在地上扮鲤鱼。新娘手拿钓竿，红丝线系一支点着了的香作"钓钩"，去点新郎嘴里叼着的烟。再如：美满姻缘成良伴，男女老幼都来看，我请新郎和新娘，合演益春留雨伞。这里"益春留雨伞"也是节目。这些节目难度不小，新郎新娘慌慌张张难免出错，众人跟着起哄，这种热闹，就是闹洞房的闹了吧。

闹洞房为何叫吃冬瓜呢？彼地婚俗，要由新娘拿着红盘，盘中放一碟冬瓜糖，恭请闹洞房者吃。吃糖等于吃瓜，这大概是"吃冬瓜"之名的由来。冬瓜糖自然好吃，比这些诗的味道好得多。但冬瓜诗也可喜，毕竟文化含量高了许多,而一般的闹洞房,常含有粗俗成分。

真正写冬瓜写得好的,是宋代的郑安晓。他的《咏冬瓜》:

剪剪黄花秋复春,霜皮露叶护长身。
生来笼统君莫笑,腹里能容数百人。

此处"腹里能容数百人"的人,当指"仁",也就是瓜子儿。冬瓜个大,子儿自然多。在瓜类蔬菜里,论个儿,冬瓜大约可排第一。某次浙江搞冬瓜王海选,绍兴嵊州一个冬瓜重221斤,要六个大汉才能抬起来,结果一举夺魁。如此巨瓜,子儿大概不止数百。

冬瓜成熟后都是"霜皮",身披一层白霜,酷似霜雪落在上面,所以取名为"冬瓜"。夏天暑热,冬瓜却像独自到了冬季,当然,谁都知道它和我们一起仍然身在夏天,但冬瓜却刻意要制造这种错觉。在其他菜自顾生长的时候,冬瓜多了个心眼儿。错觉有效,触目有清凉意，使满身热汗的人悦目爽神，看它一眼就觉得清凉了许多。——冬瓜是聪颖的菜，是善解人意的菜。

冬瓜表皮的"霜"，还像白白的茸毛，所以，它在我的家乡还被称为毛冬瓜。毛，毛孩、毛桃、毛蛋（指小男孩）、毛妮子……带毛的称呼都含着喜爱，毛冬瓜就有了把冬瓜当小孩子的意思。有些地方把冬瓜叫作枕瓜，那应该是孩儿枕——一种胖乎乎娃娃造型的枕头。

冬瓜的生长也是令人欢喜的，个儿大，成长的速度和结果，往往都会超过人的预期。冬瓜也有架养的，几十斤的瓜肥肥地悬在半空，连那搭架用的木棍儿都有了骄傲，像合力抬着瓜儿在炫耀。长在地上的，最后总要绿油油地高出了叶子。小时候在地里爬着捉蛐蛐，偶一抬头，见一只壮硕的冬瓜从绿叶间如巨舰般破浪而来，几乎要撞在脑门上，不免大吃一惊。

冬瓜外披白霜，打开来，内部更是灿白如冰雪。尤其是"大青皮"冬瓜，肉质细嫩，水分多，味清软滑，浮瓢较小，品质最好。冬瓜的吃法，以水煮做汤、焖炖清烧为主，如冬瓜焖火腩、冬瓜粒汤饭、冬蓉汤、冬瓜老鸭汤等，是大众化的家常瓜菜。不过冬瓜也有矜贵的一面，最闻名的菜式是冬瓜盅，据说起源于清朝御厨，是把冬瓜心掏空了，填以羊肉末、甲鱼肉、仔鸡块，或三菇六耳、发菜、素鸡、笋、腐竹、竹荪等。熟后，外形碧绿，瓜白如玉，呈半透明状，瓜内物料隐约可见，汤汁清澈，味鲜而不腻，又被人称为"白玉藏珍"。

冬瓜肚大，似乎什么都可填，这有点宰相肚里能撑船的味道。又似有佛性，类弥勒，能容其他瓜难容之菜。说到佛性，南京的寺庙里还真有一道冬瓜菜叫"腐乳般若"，做法是用去皮冬瓜切成九块后，以草绳捆回原状，在平底锅中，以色拉油将皮下部分煎至焦黄色。反转冬瓜以糖、酱油将另边烧成浅肉色，再将冬瓜入以小火煨熟，放入盘之中央，以色拉油、姜起锅，将菠菜炒熟放在盘之四周。最后以姜油爆香，加入糖、盐、红糟、豆腐乳、冬菇水以芡粉将锅中之汤勾芡，淋在冬瓜上。做好后的"腐乳般若"颜色灿然如火，菜的介绍中还有"如能视破非我真实之本相，必无执相迷真之失"等等句子，类似偈语，仿佛谕人以美色当前，妙声充耳，都如镜花水月，一场空幻，不免让人心惊。但口中甘美又让人如何放得下呢。吃冬瓜吃到这份上，算已触及了人生的无上境界。

冬瓜全身都是宝，其肉、皮、籽、瓤皆可入药。肉、瓤有利尿、清热、化痰、解渴之功效，还能治水肿、胀满、痰喘、痈疽等症。不但有药用，还是养颜极品。李时珍在《本草纲目》中说，用冬瓜瓤煎汤洗脸、洗澡，可使人皮肤白皙有光泽。唐代医药学家孟诜说得更明白："欲得体瘦轻健者，则可长食之。"没想到胖乎乎的冬瓜，教的却是让世间女子变瘦的法门。

杜甫也写过冬瓜，他的《孟冬》诗："殊俗还多事，方冬变所为。破甘霜落爪，尝稻雪翻匙。"描绘出了冬瓜的特征。比杜甫稍晚的诗人张祜，小名冬瓜，他是唐代写宫词仅有的几个高手之一，我极爱之。大约因他诗写得太好吧，与其同时代的钱塘诗人朱冲和很嫉妒，竟然赠了张祜一首冬瓜诗来讽刺他："白在东都元已薨，兰台凤阁少人登。冬瓜堰下逢张祜，牛屎堆边说我能。"

　　截至目前，这是我所知写冬瓜的诗里最差的一首。朱冲和作为酒徒名气甚大，但大有什么用。民间有俗语云：冬瓜再大也是菜。这大概是损人时唯一把冬瓜牵进来的一句俗语，赠予朱冲和正合适。

秋槐满地花

Sophora flower

夏秋季节，乱红落尽，世界是一片沉沉的绿，偏在这时，槐花盛开。

我们那里的小孩子打架，如果被别人打破了头，对方的家人便会来道歉，并送来几个鸡蛋，受伤孩子的母亲便会拿了菜刀，把门前的老槐树连皮加木头砍下火柴盒大的一块，放在锅里与鸡蛋同煮，煮好后让孩子吃鸡蛋，喝汤，据说能使伤口不发炎，且防破伤风。那煮下来的槐树汤淡黄色，稍带点绿意，没什么味道，但也不是难以下咽。

这说明槐木有药用价值。它的籽也可当药的，我们叫槐豆子。槐豆子黑黑的，比豆子大些，像玩具娃娃的眼睛。槐籽据说有明目黑发、补脑益寿的药用价值。《抱朴子》云："此物至补脑，早服之令人发不白而长生。"

槐花也可入药，但在乡村，通常还是作菜蔬看。说起槐花，很多人会想到刺槐花。其实刺槐不是中国土产，它原产北美，二十世纪初才传入中国，算移民，所以又名洋槐。洋槐，在中国的古代诗词和医书中是找不到它的。刺槐开花在春末夏初，但国槐开花要等到盛夏，比刺槐晚得多，而且花期可长达三个月，一直开到秋凉。"落日长安道，秋槐满地花"（唐·李涛）。又如"欲到清秋近时节，争开金蕊向关河"（唐·罗邺），写得都是槐树秋天开花的情景。

夏秋季节，乱红落尽，世界是一片沉沉的绿，偏在这时，槐花盛开。但它不是喧闹的花，即便是完全开开的花朵，也很小，花瓣常常相互紧贴着，脱不掉鹅黄的底子，像抱着翅膀不愿张扬的小蝶儿。但远看时，却一树树、一片片如粉如玉。

这站在地上的树，难道它心中一直怀抱着高处的白云？

槐花是很香的，人站在树下，立时便淹没于那堆在空气中的清香里。白居易说："薄暮宅门前，槐花深一尺。"可以想见那香气积得有多厚。有时仰头望着高高的树冠，树影婆娑，香气阵阵，人的心脾肝胆随之也仿佛有微微沉醉的摇晃。

槐花的制法多种多样，如炒槐花、蜜槐花、醋槐花等。但民间吃法大多采用蒸法，即蒸槐花。将采摘好的槐花去除杂质，洗净略晾干，与面拌之，上笼蒸熟，再入盐、味精、香油调之，有一种沁人心脾的甜香感。作为佳肴，槐花却以未开者为最佳，未开，也即槐花的花蕾，呈卵状或椭圆状，因状如米粒，俗称槐米。槐花作菜，这是众人都知道的，却有很多人不知道，槐叶其实也是菜。杜甫诗"青青高槐叶，采掇付中厨"，看来唐朝时吃槐叶的不少。我奶奶在世时会做多种槐叶菜，她采槐树的嫩叶，在开水里煮熟后用冷水浸泡，淘洗除涩，再拌以姜、葱等调味品，味道很好。后来母亲也照此法做给我们吃。奶奶年轻时遇荒年，吃野草过多伤了胃，晚年很少吃青菜。自己不吃，但看我们吃得高兴，她也是快慰的。

奶奶已去世多年，母亲也日渐衰老。有时望着槐树，望着它庞大的树冠和苍苍树干，我会想起奶奶瘦小的身影，想起母亲年轻时健康而忙碌的样子。

槐树也可作城里的行道树。唐朝时的长安似乎多槐，从唐人的诗里可以看到："风舞槐花落御沟，终南山色入城秋"（子兰），"袅袅秋风多，槐花半成实"（白居易），"落叶添薪仰古槐"（元稹），"俯十二兮通衢，绿槐参差兮车马"（王维）。唐诗人很少写到槐花的吃法，槐在他们的诗中另有寄予。

现在城里的行道树，还有一种龙爪槐，是槐树的变种，枝干虬曲如龙，但长不高大，也没人去吃，只供观赏。这种树在乡村里看不到。乡里的槐树还是那种古老的槐树，槐花也是跟唐朝宋朝一样的花，连吃法大概也没有太多变化，只是用作佐料的味精那时没有罢了。

黄瓜的政治学分析

Cucumber

佳肴之佳,讲究色、香、味俱全。对黄瓜的处理,类似一场政治运动,在这场运动中,不但眼睛,连同鼻子一起,都成了舌头的合谋。

黄瓜的政治性很强。从书本上看，感觉它老是悬挂在政治的园地里。

黄瓜是西汉时张骞出使西域时带来的。汉武帝派他出使，是想联合大月氏一起打匈奴人。他这个使命没完成，却于无意中带来了黄瓜的种子。缔结政治同盟好比搭架子，架子还没搭好呢，黄瓜的秧蔓先爬了上去——黄瓜像是钻了政治的空子。

黄瓜传入中原，原来随口被叫作"胡瓜"。而它被命名为黄瓜，实是一个皇帝的蓄意策划。东晋时，后赵皇帝石勒因自己是胡人，最恨别人说"胡"字，他制定了一条法令：无论说话写文章，一律严禁出现"胡"字，违者，不客气，砍脑袋。一天他大摆御宴，大概酒喝得高了，想找碴儿，就指着一盘"胡瓜"问一个叫樊坦的臣子："卿知此物何名？"樊坦忙道："紫案佳肴，银杯绿茶，金樽甘露，玉盘黄瓜。"自此，黄瓜之名传开。

我是赞成"胡瓜"这个名称的，觉得它比黄瓜有文化，一个"胡"字，标明了它的来历，捋出了它的文化秧蔓。但此观点容易受攻击，某次谈此话题时，一个人突然说：这大概是因为你姓胡吧？我勃然大怒，觉得有被视为夷狄之嫌。但怒火旋即就平息了。发怒，那是政治家的事，我一介百姓，犯不着。

南京饭馆的菜单上，黄瓜有时写为青瓜，我以为比黄瓜妥帖。日常所见，黄瓜大都是青色的，黄皮的并不多见。青皮的黄瓜，一黄，就有些老了。当初石勒赐宴，上的也许是老黄瓜吧，又或者是樊坦忙中出错，所以才有黄瓜之名流传。可见在政治中，总有许多错误的东西会得到承认。

在许多人的心里，政治是一种很有味道的东西，虽然味道暧昧了点，品尝起来却都乐此不疲。味道这个东西,害人不浅。其实世上本无味道,是舌头尝出了味道,就像世上本没有政治,是政治家搞出了政治。政治中的政治家是王侯将相,美食中的政治家是舌头。美食,其实就是舌头的政治。而且,舌头是跨界的,在政治中,是三寸不烂之舌。不过在政界,摇唇鼓舌未必次次有效,在美食中,它却是当然的君主,兴废之间一言九鼎。

——说黄瓜扯到了舌头,扯远了点,回到黄瓜。黄瓜的吃法,其实简单,比如洗净了生吃——黄瓜亦菜亦果。或者把它拍松了,用蒜拌着吃。但这是小饭馆的吃法,到了星级饭店,就复杂了——小饭馆是民间的,星级馆子才是政治家的,在那里,黄瓜的做法政治化了。比如切蓑衣黄瓜,下面要用筷子垫上,细细地直刀切,切完一面后,翻过180度再切斜刀。切好的黄瓜片片圈圈粘连,盘在盘子里,黄瓜不但好看,也显得比原来长出许多。再如把黄瓜去皮,切条,煎炸熘炒……其实就一普通的黄瓜,有必要这么往复杂里折腾吗?我有这样的疑问。美食其实就是折腾,虽然折腾中营养,比如维生素,早已损失大半。但为达目的,作出牺牲在所难免。佳肴之佳，讲究色、香、味俱全。对黄瓜的处理，类似一场政治运动，在这场运动中，不但眼睛，连同鼻子一起，都成了舌头的合谋。

黄瓜自古入诗。如清乾隆的《黄瓜》诗："菜盘佳品最燕京，二月尝新岂定评。压架缀篱偏有致，田家风景绘真情。"黄瓜是"菜盘佳品"不错，"最燕京"不免夸张。夸张也是政治的特征之一。乾隆这首貌似田园的诗，仍属官大嘴大一路。

倒是唐朝李贤的《黄瓜台辞》写得好："种瓜黄台下，瓜熟子离离。一摘使瓜好，再摘使瓜稀。三摘犹自可，摘绝抱蔓归。"类乐府民歌，自然朴实。但李贤是武则天时的太子。武则天当政时，立了好几个太子，好像都没什么好结果。这里的"一摘""再摘"之类，都像是对不祥的借指。

李贤际遇如何？不知道，也懒得再去查。看的资料太多，败坏了胃口，且丢下书本，吃一段黄瓜。

穿过洋葱的层层鳞瓣

Onion

生活就像剥洋葱,你必须一层一层地剥下去,虽然有时候你被呛得泪流满面,但你要坚持。

我小时候不喜欢吃洋葱,除了刺眼刺鼻的气息,还嫌它的味道太怪。

洋葱的味道是怪味吗?也可能是我口味怪,我把不喜欢的味道统称为怪味。喜欢了,也就见怪不怪了,比如臭豆腐臭,有人专吃它的臭;比如榴莲难闻,有人却捧着它深呼吸;比如我说洋葱有怪味,有人偏偏把它当水果吃。

我那时候也曾试着吃洋葱,生吃,辣,既非葱的辣,也非蒜的辣,总之是我不喜欢的辣,独一无二的洋葱辣。母亲为了锻炼我吃洋葱,她把切好的洋葱用盐腌,或丢到清水里浸泡,去其辣气。所谓辣气,也就是烈性子吧。盐腌是硬杀,丢到水里,是先放它拳打脚踢一番,待其武功耗掉了大半,再吃。

但我仍不喜欢吃。去辣后的洋葱，给人怪怪的感觉。一个朋友说，吃洋葱不吃辣，还吃它什么呢？说得好，像至理名言。

洋葱，因其叶子与家葱无异，才被称为洋葱。但咱们的家葱堂堂正正地长叶子长茎，地下茎也是细白的一段。洋葱就不同了，上面看不出异样，地下茎却在暗暗长大，像在悄悄搞小动作，像阴谋诡计。我小时候讨厌洋鬼子，觉得他们老是跟咱们耍阴谋。洋葱就像洋鬼子。但我那时候崇拜白求恩，却一直没想过，他其实也是洋鬼子。

由于从小形成了习惯，我有许多年不吃洋葱。上学和刚参加工作的时候，食堂里做了洋葱菜，我不买。

但忽然有一天，我对洋葱的看法有了改变，原因竟是看了一本洋鬼子写的小说。这本叫《廊桥遗梦》的小说曾风靡中国，其中的故事许多人耳熟能详，但其中写到洋葱的地方，却不一定有人留意。

话说小说中，男主人翁罗伯特·金凯去拍摄廊桥，在女主人翁弗朗西丝卡家问路，弗朗西丝卡留他吃晚饭。她准备做烩菜，就拿着一个搪瓷平锅，在黄昏中的园子里走来走去。她挖了一些胡萝卜、小萝卜、防风茶根，还有就是洋葱。

黄昏中的挖菜，切菜，做饭，一对初生好感的男女，多么温馨的场面，却偏偏有我不喜欢的洋葱在里面。文中交代，罗伯特·金凯一边温柔地同弗朗西丝卡说话，一边帮她切菜。他切到洋葱了吗？洋葱会不会刺激到他的眼睛、鼻子？这些都没有写，好像一切都是平静的，好像洋葱在一对恋人需要的情况下也收敛了性子。然后呢？然后菜在锅里，男的说：已经闻到香味了……是清静的气味。

"清静？清静能闻得到吗？"读到这里的时候，我和女主人翁一样的有些惊异，但旋即就释然了：清静的是洋葱的气味，清静的自然也是爱情的气味。我忽然很感动，为书里的爱情，也为我一直不喜欢的洋葱在爱情里的妥帖。

这样，在短短的时间内，我颠覆了自己对洋葱的看法。我试着去吃洋葱，竟觉得味道不坏，甚至好吃。原来不知不觉间，我的舌头也早已颠覆了我童年期的感受，而我竟一直不知道。

我变成了一个爱吃洋葱的人，并且找到了一大堆应该吃洋葱的证据，因为营养学家和中医认为，洋葱可润肠，理气和胃，健脾进食，发散风寒，温中通阳，消食化肉，提神健体，散瘀解毒。一位著名的日本教授还研究说，中年人尤其应该多吃些洋葱，洋葱可以长期稳定血压，减低血管脆性，并对人体动脉血管有很好的保护作用。

但我的体会是，洋葱比许多水果口感都好。我甚至觉得，用洋葱来比喻爱情，不但其他菜无法匹敌，甚至比许多甜蜜蜜的水果都合适。

比如，洋葱的气味能刺得人流泪，但吃起来，辛辣过后，却有种水灵灵的清甜。爱情开头也许更像甜蜜的水果，但到了最后，更像是洋葱。

比如，洋葱的鳞瓣从外到内质地都是一样的，如果每一片都是一段岁月,洋葱所代表的爱情才是表里如一的,才是经受住了时光考验却仍然鲜活如当初的。

比如,古老的拜占庭教堂的穹顶,几乎都是洋葱头的形状。而从古到今,真正的爱情,不都有着宗教般的庄严吗?

比如,我几乎没看到过被虫子蛀过的洋葱,而其他菜,即便是辣椒,也难免被咬得七洞八孔。这是否像最好的爱情,经历了风风雨雨,却依然完美?

不但于爱情,洋葱对于整个的人生都是有启迪的。有人说,回忆过去就像剥洋葱,常常让人流泪。也有人说,生活就像剥洋葱,你必须一层一层地剥下去,虽然有时候你被呛得泪流满面,但你要坚持。

说得好。洋葱,仿佛是陪着我们穿越情感,也穿越了世事沧桑的菜。

话虽如此,幼小的孩子们依然不怎么喜欢吃它。有时妻子在厨房里切洋葱,孩子们闻到了,就会说:呸!怎么又吃洋葱?

我就笑了。我说,洋葱不是给你们吃的,还有其他菜呢。

其实我想说的是,不用着急,小混蛋们,等你们到了一定的年龄,晓得了些世事,你们肯定也会像我这样,爱上洋葱的滋味。

菠菜的命相

Spinach

菠菜一入开水，会变得更加鲜绿，仿佛这时候，它生命中的叶绿素才全部醒了过来，并且散发出丝丝缕缕的清甜。清甜是嗅不到的，但吃得多了，熟悉了那味道，仿佛就能嗅到了。

菠菜有个好玩的名字：红嘴绿鹦哥。不过我不喜欢。菠菜生在绿野间，清新可人，鹦哥却有纨绔气。纨绔气就是浊气，与菠菜气质相去太远。

红嘴绿鹦哥据说是乾隆起的。乾隆下江南，行至某地，在百姓家中吃了一道可口的菜：菠菜烧豆腐，便作诗曰："金镶白玉板，红嘴绿鹦哥。"皇帝，好像面对微小的事物时总爱大惊小怪，把个朴素的家常物事搞得浮艳逼人。

这个传说，有乾隆在此之前从没吃过菠菜的意思。这大约是不可能的。早在唐朝，菠菜就已是国宴用菜。《唐六典》载："太官令夏供菠叶冷淘，凡朝会宴饮，九品以上供其膳食。"所谓"菠叶冷淘"，是将菠菜氽熟捣烂和入面中，然后加工成绿油油的面条。清朝的膳食比唐朝要发达得多，区区菠菜烧豆腐，绝不会在乾隆时还藏珍民间。

菠菜烧豆腐好，菠菜醒灵，豆腐厚道，有种布衣钗裙的淡，淡而有味，也就含着寻常日月的完满与和美。我过去吃过不少菠菜烧豆腐，但近几年，菜馆里这道菜忽然绝迹了，原因据说是二者相克：菠菜里含草酸，豆腐里含氯化镁、硫酸钙，两者同食，会生成不溶性的草酸钙，造成钙质流失，还有可能沉积成结石。

说得挺吓人的。初看到这个结论，我吃了一惊。原来菠菜和豆腐这看似和谐的一对，内部斗争竟然还蛮激烈的。

现代营养学分析固然好，但也给饮食平添了僵化的气息，许多一直相安无事的均衡关系被打破，凭空多出许多阶级敌人来。

除了豆腐，还有哪些菜需要菠菜去划清界限的？我一查，再次吃了一惊：还真不少。

比如瘦肉。理由是：菠菜含铜，瘦肉含锌。铜是制造红细胞的重要物质之一，又为钙铁、脂肪代谢所必需。如果把它和含锌较高的食物混合食用，则该类食物析出的铜会大量减少。

比如海鲜。理由是：海味含有丰富的蛋白质和钙。对蛋白质，菠菜里的草酸会起到分解、破坏作用，使蛋白质沉淀，凝固，不易消化。对钙，跟对豆腐是一个道理。

除此之外，还不宜与韭菜同食，容易引起腹泻。等等。

我差不多要为菠菜一哭了。瘦肉与海鲜，还有豆腐韭菜黄瓜之类，这打击面也忒广了点。菠菜，水灵灵好看的乡下小妹，拎了包裹兴冲冲地到城里来打工，却发现各家单位的招聘板上都写着：菠菜除外。营养学家的一纸报告，竟让那么多的食物忽然变得势利起来。

可是，营养学家就一定正确吗？我想起小时候贫血，一位老大夫斜着身子从眼镜框边上用眼白望着我说："要多吃些菠菜，菠菜里铁多。"谁知许多年后有报道说，菠菜含铁多是个误会，当初那位研究者点错了小数点。

天哪，点错了小数点，就能蒙全世界人民那么久，现在的研究者，也保不准会出点其他的什么差错，却也让大家深信不疑吧。于是，我就拿了本营养菜谱认真研究起来。甭说，还真给我看出了问题。书中某专家说，儿童要喝酸奶。翻过了Ｎ页，另一专家又说，儿童不宜喝酸奶。哈，原来营养学家们也有菠菜炖豆腐现象，相克。

柔柔弱弱的菠菜，看不出含铁多的样子，更看不出它有要去克什么海鲜豆腐瘦肉之类的企图。不过好在在我们家，除了炖豆腐，菠菜也很少用它和鱼肉之类混合——清清爽爽的菠菜，我认为它跟醇浓肥厚之类是天然有点距离的。买了菠菜来，最多的还是调了吃。调菠菜的过程，汪曾祺写得好，他是先把切好的菠菜堆成宝塔状，然后，"好酱油、香醋、小磨香油及少许味精在小碗中调好。菠菜上桌，将调料轻轻自塔顶淋下。吃时将宝塔推倒，诸料拌匀"。这里面，有种认真劲儿。而我最爱看的是氽菠菜。菠菜一入开水，会变得更加鲜绿，仿佛这时候，它生命中的叶绿素才全部醒了过来，并且散发出丝丝缕缕的清甜。清甜是嗅不到的，但吃得多了，熟悉了那味道，仿佛就能嗅到了——类似写文章中的通感。

看饭店的菜单，也没有完全被营养学家的理论束缚住手脚。像菠菜肉丝汤、煎豆腐氽菠菜、大蒜菠菜拌蛤仁、菠菜炒肉片等等，在搭配上好像都是过了界的。前几天在一家饭店吃饭，有蚬肉菠菜羹一道，话题不知怎的就扯到了食物的相生相克上。一老者边抽烟边说，吃菜就如抽烟，都说抽烟不好，可也有利有弊，抽烟的人就不会得口腔溃疡……

老者振振有词，我不知他的说法是否准确，但有利有弊我是信的。况且营养学家们今天这样建议，指不定什么时候，他们又会改了口径的。

妻子打电话来问晚饭吃什么。我说："菠菜烧豆腐。"她说："不是说那样不合适吗？"我说："管他呢。"

是的，管他呢。我不敢号召大家抽烟，还不敢号召大家吃菠菜吗。

南瓜的追求

Pumpkin

明朝开始,西方国家渐渐崛起,中国却仍然是灾荒不断,即便后来所谓的康乾盛世,也时时有饿死人的情况出现。南瓜选择在这样的朝代进入中国,是勇敢的菜。事实证明,它是移民中国的菜蔬中的佼佼者,也是中国人度荒年食物中最重要的选择。

女儿正在吃南瓜烧鸡块。南瓜是那种青皮的嫩瓜，有种清甜的味道，和鸡块同烧，饱吸了肉汁，吃起来甘美香糯。她的筷子专挑南瓜，对那些鸡肉，倒不怎么感兴趣。

"好吃！"她边吃边说。而我记得，很多年前我像她这么大时，偶尔能吃上这道菜。只不过我们的筷子，专拣鸡块招呼。

真这么好吃吗？母亲的表情疑疑惑惑的。我猜，在母亲的感觉里，南瓜可能没那么好吃。

我又猜，如果我的祖母在世的话，看到曾孙女吃南瓜的这副馋相，她的疑惑，可能比母亲还要重些。祖母一生吃苦，因为草根树皮吃得太多，胃吃坏了，晚年很少吃蔬菜。老南瓜倒能吃一点，原因是熟透的南瓜"面"性重，淀粉多，已接近于面食，她的胃还可以承受。

恐怕不只我家,在中国,从老人到小孩,随着年龄段的不同,对南瓜的口感会有很大差异。母亲不认为南瓜是美食,那是因为困难年代南瓜吃得太多,味蕾在感觉上对南瓜有了逆反。

南瓜最迟在明初传入中国。明初人贾铭的《饮食须知》就有"南瓜味甘性温"的记载。明朝开始,西方国家渐渐崛起,中国却仍然是灾荒不断,即便后来所谓的康乾盛世,也时时有饿死人的情况出现。南瓜选择在这样的朝代进入中国,是勇敢的菜。事实证明,它是移民中国的菜蔬中的佼佼者,也是中国人度荒年食物中最重要的选择。南瓜不单结出的瓜是菜,它的花也是菜。而且,它不但是菜,还是粮食,其淀粉含量,远高于一般菜蔬。其他菜,大都是单纯的菜,压不住饿。比如冬瓜,在菜里,论个儿,只有它可以跟南瓜媲美。但冬瓜吃多了,人就老往厕所跑。冬瓜利尿,使人小便多。小便多了,人就感觉饿得更快了。

"饿"这个东西，看似简单，却最致命，如果不是南瓜这样具备了多重手段的菜，解决不了问题。困难年月时，人的胃就像个大坑。南瓜，从身体到思想，从现实主义的肉到浪漫主义的花，都随时做好了填坑的准备。

但南瓜不单单是果腹之物，它还有更高的追求，它是可以做成让人垂涎欲滴的美食的，只是饥饿时代，往往会抹杀它这种潜能。现在好了，现在的饭店，从小馆子到星级酒店，几乎没一个没南瓜的。金灿灿的南瓜，青郁郁的南瓜，大的小的圆的长的……在菜市场和厨房里，南瓜，仿佛已迎来了自己的黄金时代。

在酒店的餐桌上，南瓜也依然保持着亦菜亦饭的特色。虽然同是在菜谱上，但南瓜饼、南瓜发糕、南瓜粥这些，一看就是"饭"；而咸蛋黄焗南瓜、南瓜扣肉、南瓜煲鱼脯、炝南瓜丝这些，一看就是"菜"。

现在很多人吃南瓜，还有个原因：南瓜是健康食品。据营养学家的测定，南瓜里胡萝卜素的含量居瓜类之冠，另外还有众多对人体有益的物质。我母亲虽然不会像年轻人那么喜欢吃南瓜，但她仍然在吃。她有糖尿病，医生说常吃些南瓜，对身体有好处。

"吃"这个字，按照字面意思，也就是把东西咀嚼、吞咽。但它实际应该有两到三层意思：一是把东西吃下去，二是吃滋味，三是吃健康。第一层意思是基础，第二、三层属美食层面，是上层建筑。但如果连基础都不牢，何谈第二、三层呢？陆文夫的小说《美食家》里有个很经典的情节：主人翁朱自治是个美食家，对南瓜的吃法很有研究。但在困难年代，别人看他饿得可怜，就喊上他一起去搞南瓜。路上，他积习难改，大谈南瓜可以做得如何如何好吃，结果是同去的人原准备把南瓜分他一半，在他唠叨再三后改了主意，只分他三分之一。

美食家也是容易迂腐的。肚子填不饱，谈美食，显得滑稽。

但南瓜的确是当得起美食的赞誉的。南瓜品种不同，菜的味道也千变万化。一盘"南瓶（屏）晚钟"（以南瓜配西兰花、带子、露笋夜香花）刚让人有风花雪月之感，再一盘爽口南瓜丝又让人返璞归真回到乡风田园。南瓜，是既能出将入相又能布衣钗裙的菜。

这些年吃的南瓜菜不少，但有些名菜仍然没吃过。《美食家》里记载过一宗叫"南瓜盅"的菜，是把南瓜掏空了，填入上等八宝饭，上笼蒸。这有点类似新疆和田的烤南瓜，也是把南瓜掏空了，填料，只是填的是杏仁、核桃仁、杏干、葡萄干、红枣、无花果、黑杏干、腰果等，而且是放在烤馕的炉子里烤熟。吃法也不同，南瓜盅只吃八宝饭，弃南瓜；新疆则是南瓜与填料同食。

不知诸位看官吃过没有？两者我都没吃过，据说味道皆奇美。

葫芦仁，葫芦肉

Gourd

葫芦总带有乡村风情。架上葫芦墙根瓜，看着头顶从累累叶片间垂下的葫芦，人是愉快的，一只只葫芦，仿佛从天庭吊下来的礼物。

葫芦籽的仁很好吃，可母亲不让我们吃。那时候，农村里相信吃啥长啥，比如吃鸡爪子会挠破书页，吃鱼籽会数不清数，吃葫芦籽会长龅牙。母亲说，你看铁蛋的牙，就是吃葫芦籽吃的。铁蛋是我割草时的伙伴，兄弟三人都是大板牙。

我是听话的孩子，就不吃葫芦籽。铁蛋吃炒葫芦籽的时候，我就干咽口水。许多年后我读《诗经》，其中的《卫风·硕人》赞扬一个美女说："齿如瓠犀，螓首蛾眉，巧笑倩兮，美目盼兮。"瓠，葫芦也。齿如瓠犀，就是说这个美女牙齿长得像葫芦籽一样齐整美观。原来，葫芦籽是用来形容美丽的牙齿的。我不由大悔。若早知吃葫芦籽可以长"瓠犀"，我应该偷偷地吃些才是。

母亲不准我们吃葫芦籽，却喜欢做葫芦菜给我们吃。她那时候并不知道葫芦富含维生素 B、C 和纤维素，但知道它是凉性的菜，能清热润肺。她把葫芦摘下来，削皮去瓤，葫芦籽自然也丢掉，然后把葫芦肉切成片或丝，配辣椒清炒。

葫芦肉有清甜味道，炒后滑溜溜的，很好吃。我小时候吃的炒葫芦放的辣椒少，随着年龄增长，辣椒越放越多。炒葫芦丝，多配些辣椒，提味。

葫芦味道与节瓜类似，但比节瓜细致。除清炒，也可煨肉，做汤。

葫芦入诗，仅《诗经》里就有多处。除上述用来比喻美人的牙齿外，还有：

《豳风》："七月食瓜，八月断壶。"壶，就是葫芦。

《邶风》："匏有苦叶，济有涉深"；《小雅》："南有木，甘瓠累之。"匏，也指葫芦。值得注意的是诗中的"甘""苦"二字，意思是葫芦有甜、苦两种。古人对葫芦的分类似乎比现在细致，《本草纲目》里出现了七种名称：悬瓠、蒲卢、茶酒瓠、药壶卢、约腹壶、长瓠、苦壶卢。古人似乎更愿意把葫芦当菜来看，瓠字从瓜，说明它一直被看作瓜的一种。

现在的城市里不容易吃到葫芦。菜市场很少有卖的，反正我还没有遇见过。在饭店吃饭的时候，我念及葫芦的美味，问服务员：有葫芦菜吗？当然没有。问得多了，被怀疑搞恶作剧。但偶尔也能在菜单上看到带"葫芦"字样的菜，比如某次，我在某饭店看到有"油炸葫芦"一道，便要了，端上来，却是蘸了玉米粉的油炸鸡大腿，略具葫芦形状而已。又如某次，在另一饭店，朋友请我吃饭，见有"炸鸡葫芦"，我接受上次的教训，说是鸡大腿，服务员说绝对不是。我以为碰上了真葫芦，点之，菜上桌，一看，竟是做成亚葫芦状的油炸糯米糕。类似经历使我深知，点菜，必须耐着性子问个清楚，因为把顾客装进闷葫芦里，正是许多店家的拿手好戏。

葫芦总带有乡村风情。架上葫芦墙根瓜，看着头顶从累累叶片间垂下的葫芦，人是愉快的，一只只葫芦，仿佛从天庭吊下来的礼物。此景在城市里不容易看到，在城市，从天上吊下来的一般是电线、霓虹灯，或广告牌之类。我原来住在一个较老的小区，一楼的祝师傅是个退休工人，大约源于早年来自农村吧，他偏爱葫芦。他把阳台的矮墙捅开，做成一道门，门前用角铁搭架。我们以为他要种藤花，谁知道他种葫芦。夏天，架子上绿叶葳蕤，数十只葫芦吊着，倒真有点田园风光。祝师傅每日傍晚放八仙桌于架下，独自就两碟小菜饮酒，有时炒了葫芦菜，也会邀邻居品尝。他边喝酒，边夸张地同路人打招呼，一副志得意满状。一次我有个画家朋友来访，为其景所动，在我家的案子上画葫芦图数幅，还送了祝师傅一幅。祝师傅审视良久，结论是画上的葫芦比他架上的差远了。这是多年前的事了，后来小区管理规范化，祝师傅的葫芦架属违章建筑，被拆掉，阳台门也封了。他再喝酒时，只能欣赏墙上画里的假葫芦了。

能吃的葫芦是嫩葫芦。嫩葫芦呈银青色，有细微的软毛。等到它渐渐变成金色，就老了，不能吃了。老透的葫芦，根据其形状，可以盛酒，盛药，剖开了还可以做舀水的瓢。

老透的葫芦，葫芦籽仁儿才长得丰满，可以吃，炒熟后味道更香。这种香气很特别，不同于西瓜子或南瓜子的香，故称之为葫芦香吧。

"贝堂伏卵抱沂鄂，瓠肉削泽无瘢瘗"（清·胡天游），葫芦肉无论是色泽还是味道，都同样让人难忘。

丝瓜是菜 也是药

Towel gourd

对于深藏民间的苦楚、病，甚至生命的滋味，没有谁比它知道的更具体。

丝瓜药性大，在菜蔬中属佼佼者。甚至，它的全身都可作药用。《陆川本草》说它"生津止渴，解暑除烦"；《采药书》说它"治妇人白带，血淋膨胀积聚，一切筋骨疼痛"。现代医学研究认为，它所含的皂苷类物质、丝瓜苦味质、黏液质、木胶、瓜氨酸、木聚糖和干扰素等物质，对人的健康很有作用。

药性大，就适合做药膳。药膳中的丝瓜，有点像打工仔。这种在乡村的树股、柴垛、墙头上撒欢儿的植物，入口之后，就像民工进城，投入到了我们身体的大建设中。它总是会随时拿出全部的好力气，到最需要它的地方去。

比如你心中烦闷，那就烧点丝瓜汤喝。丝瓜性凉，能解暑，能祛口渴咽干。

比如你患热痢，或是黄疸多，那就炒点丝瓜吃。丝瓜清淡可口，能清热利湿。

"入秋丝瓜女人菜"，丝瓜还是不错的妇科药。比如奶水少，可取丝瓜与鲤鱼同煮食；比如月经疼痛时，可用干丝瓜煎服。若加点醋同煮，用红糖水送服，还可作为乳腺炎的辅助治疗。没有病治也不要紧，丝瓜也不妨多吃点，它还是美容佳品。

不但果实，花也有药用，用鲜开水浸泡当茶饮，能清毒止渴；与槐花同煎，可治痔疮出血。

丝瓜还可去痰止咳。某年在老家，女儿患百日咳，又不愿喝止咳糖浆之类，嫌有怪味。母亲就在架上的嫩丝瓜下端切个口，把一只小碗放在下面。一夜过去，接到小半碗丝瓜水，调了点蜂蜜，女儿爱喝，疗效似比止咳糖浆不差。

大约因为药用价值高吧，李时珍《本草纲目》中对丝瓜有详尽描述，择录如下：

"其瓜大尺许，长一二尺，甚至三四尺。深绿色，有皱点,瓜头如鳖首,嫩时去皮,可烹可曝,点茶充蔬。老则大如杵,筋络缠扭如织成,经霜乃枯……唐宋以前无闻,始自南方来,故曰蛮瓜,今南北皆有之。其花苞及嫩叶、卷须皆可食也,以为常蔬。"

描述大体是对的,只是说它"唐宋以前无闻",不正确。许多书上都说丝瓜是明朝时从南洋传入的,其实宋人的诗中,丝瓜已出现,比如杜北山《咏丝瓜》:"寂寥篱户入泉声,不见山容亦自清。数日雨晴青草长,丝瓜沿上瓦墙生。"再如赵梅隐《咏丝瓜》:"黄花褪束绿身长,白结丝包困晓霜。虚瘦得来成一捻,刚偎人面染脂香。"李时珍不是诗人,大概也没读过有关丝瓜的诗,所以不知。

外国诗中,丝瓜也时常出现,我读过的里面,最感人的,是日本明治时代著名俳人正冈子规的三首题为《丝瓜》的绝唱:

丝瓜正鲜嫩,清液疗病身。

痰壅命如丝，丝瓜初开时。

喉头痰一斗，瓜汁难解忧。

子规患的是肺结核，二十世纪初，这是绝症。他1902年去世时，年仅三十六岁。鲜嫩的丝瓜花正开，而自己的生命却要结束了，个中凄凉和幽怨泣诉，今天读来，让人仍悲情无法自抑。

丝瓜是菜，是药，但并不能为人们抵挡一切。老了的丝瓜，肚子里是繁密的丝络。到最后，丝瓜，心乱如麻。

老了的丝瓜虽不能再当菜吃，仍是有用的。把它炒透，磨成粉末，是不错的止血药。不做药用，它的丝络还可用来刷锅，擦洗器皿。

青青的丝瓜在庭院里悬垂，干透的丝瓜在寒风中摇摆。这在全国各地几乎都可种植的瓜，对于深藏民间的苦楚、病，甚至生命的滋味，没有谁比它知道得更具体。

西红柿今昔

Tomato

它是奔放的,涨满了太阳的蜜和大地的血性。

照完相,吃茄子:多么好呀,闪着幸福的细碎光泽,一派流亮富丽。

汉语中的红颜一词，赠予蔬菜中的西红柿最合适。而红颜薄命，似乎也对应了西红柿曾经的命运。

西红柿原产南美，因为太过红艳，被怀疑有毒，没人敢吃，只见过狼吃它，因此被命名为"狼桃"。的确，西红柿天生丽质，在蔬菜中堪称尤物。红颜祸水我只道是中国人的观点，没想到美洲人也同样混账。想那幽暗的森林里，时光荏苒，多少西红柿虚掷年华，红了，熟了，又寂寞地落了，烂了，像老于江湖的丽人，又像弃置在深宫的妃子。

这样过了千万斯年，直到十六世纪时，终于来了个有情意的人。这个叫俄罗达里的英国公爵在美洲旅行，为西红柿的姿容所动，掘了数株带回英国，献给自己的情人伊丽莎白女王。即便如此，西红柿仍是寂寞的，人们仍然认为它有毒，不能吃，只是把它种在花园里观赏。但因为有伯爵献殷勤在前，人们不再计较它的毒，反而把它当成了有情人示爱的时尚礼物。也许情人们天然地以为，爱情，本身就含有某种致命的毒素吧。

这样直到十八世纪，在法国，一次有位画家为西红柿写生时，禁不住诱惑，准备舍命品尝一下这可爱又可怕的禁果。他写好了遗嘱，穿上殓服，吃罢西红柿，静静躺在床上等待死神的召唤。然而，几个小时过去了，安然无事。当他从床上坐起身来，露出微笑时，整个世界的蔬菜史才突然发生了革命性的改变。

有时候我想，由法国人第一个吃西红柿，也许是最合适的，因为在那种情况下吃西红柿，不但要有牺牲精神，还要有足够的罗曼蒂克。"天不绝人愿，故使侬见郎"，西红柿在法国人那里才真正红了，红成了幸福的灯笼，红出了盈盈笑意。

也许还不止像灯笼。成熟的西红柿更似微型的太阳，它是那么红，仿佛不可能有比这更红的红了。它猛一看是含蓄的，体内，每一条水系都像盛着憧憬和怀想；其实却是奔放的，涨满了太阳的蜜和大地的血性。人们认为它有毒时，把它供养在爱情的伊甸园里，是观作台上戏；一旦知道了它甜蜜的底细，洋鬼子们欣喜为何如，自然是争相抱得美人归。所以，在法国，每年都要举行西红柿狂欢节。西班牙人则比法国人还狂放，他们的西红柿节不但像狂欢，更像斗殴，人们蜂拥着抢夺西红柿，捏烂了，互相投掷，直打得满天红雨，"血"流成河。

是什么让人们如此疯狂？这看上去安静地悬垂在枝条上的小小果实，是它本身就含着某种放荡不羁的性情吗？

西红柿的红，不同于眉宇间飞起的娇羞，或者腮上的一抹轻霞。它的美，也许是迥异于东方之美的一种美吧？这从美洲大陆起飞的天使，终因征服欧洲而征服了世界。

但在故乡美洲，它仿佛现在才得到了最大的荣宠。

比如哥伦比亚的西红柿狂欢节，声势比欧洲要浩大得多，节日期间，成车成堆的西红柿被践踏，投掷，人们尖叫，追逐，全都变成了通红的"西红柿人"，街道上也是红艳艳一片。

西红柿诗写得最好的也是美洲人。试看智利大诗人聂鲁达那首著名的《西红柿颂》：

街道/浸淫在西红柿里/正午/夏/光/破裂成/两片/的/西红柿/而街道/带着果汁/奔跑/冲进/厨房/接管午餐/安静地/定居在/餐具架上/跟着玻璃杯/奶油碟子/蓝色的盐瓶/它有/它的光亮/漂亮的威严/真不幸/我们必须/暗杀/一只水果刀/扑通进/活生生的浆果/鲜红的/内脏/一颗鲜艳/深沉/取用不尽的/太阳/淹没了全智利的/色拉……

这是智利的西红柿狂欢节吗？或者就是厨房陷入的持续狂欢？因为有西红柿的存在，街道、玻璃杯、碟子、瓶、水果刀等等，都有了狂欢的理由。

西红柿传入我国的时间不算长，大概在清中期以后。据记载，它开始由西方的传教士从东南亚引入，先在我国南方沿海一带栽培，后来才逐渐在东北、华北地区种植，成为我国重要的蔬菜之一。但在中国，西红柿似乎一直没能获得带有个性化的名称，它被称为番茄、洋柿子、番李子、番棉、火柿子、臭柿、柑仔蜜……它虽然在菜园里有着独立的植株，名字，却依附于茄、柿、李等果菜，仿佛四不像，没有自己独立的位置。

但它代表的爱情是一样的。如那个连说话都口齿不清的歌手周杰伦，在《七里香》里也借它表达爱意：

　　那饱满的稻穗幸福了这个季节，
　　而你的脸颊像田里熟透的番茄……

西红柿不但像恋人的脸颊，它即便做成了菜，也仍然是爱情的象征。前几天去一家小饭馆吃饭，看见一个妇人一手端着饭盒，一手拿着手机大呼小叫，本来心生厌恶，但等听清了她说话的内容，忽然大为感动。她说的是：西红柿炒蛋，热乎着呢。女儿要什么……

这是中国式的爱情，如此日常而不自觉，却有种西红柿式的红亮亮的温暖在里面。

莴苣清凉

Lettuce

当初的随园是风雅之地，莴苣自有许多精致的吃法。现在的人是否还懂得它从前的吃法，已不得而知。

袁枚在《随园食单》列有食莴苣法二种："新酱者，松脆可爱。或腌之为脯，切片食甚鲜。然必以淡为贵，咸则味恶矣。"当初的随园是风雅之地，莴苣自有许多精致的吃法。现在的人是否还懂得它从前的吃法，已不得而知。

有一段时间，我租住在南师大（南京师范大学）附近，偶尔去汉口路上一家菜市场买菜。买到了莴苣，吃法却简单得不值一提，不过是斩头去尾，砍皮削筋，一番痛下辣手，手中的莴苣已有三分之二进了垃圾桶。剩下的，蘸酱吃，或用盐、醋凉拌了吃。后来，我嫌做饭麻烦，干脆去吃食堂。食堂里偶有莴苣，奇怪的是少生食，多炒来吃。食堂的菜是大锅菜，这是袁枚当初所深恶痛绝的。嘴里吃着软不叮当的炒莴苣，我偶尔会想起，这座食堂，正处于当初随园中的某个位置。

随园早已不复存在了,它当初所在的地盘上,已是大学数座,街道楼房菜市场若干。快节奏的生活里,人的饮食更像是急就章。

但莴苣在历史上,却是享受过随园般的荣宠的。

同许多蔬菜一样,莴苣也是外来菜;与许多菜不同的是,它还有个富贵的名字:"千金菜。"北宋陶谷《清异录》:"莴国使者来汉,隋人求得菜种,酬之甚厚,故名千金菜,今莴苣也。"莴国,有人解为"倭国",即现在的日本。原来,莴苣是从日本引入的,而且买入时还被人敲了竹杠。看来当年的日本人,做起生意来就已十分精明。

我说"隋人"被人家敲了竹杠,是有道理的,因为中国人种莴苣并非自隋朝始。晋人葛洪的《肘后方》就称它为莴苣菜了,可见早在魏、晋之时,它已入菜谱。自家有的东西不自知,还要花了高价去买,这个"隋人"是冤大头。

但莴苣也并非莴国土产,它应该来自更远的地方。

在数千年前的古埃及浮雕中，已有莴苣的身影，当时是祭品，献给主管生殖和性欲的神——"明"的。"明"是一个很男性化的神，当时古埃及有一种成人礼，就是把莴苣当祭品，祭祀完"明"神后再吃掉，作为已经成年的标志。这种古埃及浮雕上的莴苣，据专家考证，是现代美国莴苣的祖先。

莴苣作为祭品，大约与它的茎很像男根有关。生殖崇拜是人类最古老的崇拜，这种崇拜，即便在现代社会仍没有消失。我家乡的习俗，有不孕的媳妇，会由年老的妇人（一般是媳妇的婆婆）于黄昏里领着到莴苣田边祈祷，许愿，求莴苣神送子。其中道理，与古埃及的生殖崇拜应该是一样的。

崇拜仅仅是精神的，可能与物质本身的特性无关。莴苣被寄予了人类雄性的梦幻，而现代医学研究却认为，莴苣中含有的莴苣素，不但不能壮阳，还有镇痛催眠、平抑性欲的作用。这与古人的想象背道而驰。秋末种下的莴苣，在次年春天雨水足时，会有个疯长期，从一筷子长很快地长到七八十厘米高，肥大的叶子蓬蓬勃勃。但就像树大招风一样，长得高大的莴苣，有时一场大风就能把它吹断。莴苣就是莴苣，它是鲜嫩的菜，也许它一直在拒绝走进人类的精神殿堂。

莴苣性凉，中医认为它具有开通疏利、消积下气、利尿通乳、增进食欲、宽肠通便的作用。《食疗本草》："白苣，主补筋力，利五藏，开胸膈，拥塞气，通经脉，养筋骨，令人齿白净，聪明，少睡。可常常食之。有小冷气人食之，虽亦觉腹冷，终不损人。又产后不可食之，令人寒中，少腹痛。"

莴苣的清寒，也被带进了诗里。杜甫咏莴苣诗句："脆添生菜美，阴益食单凉。"满是凉意。陆游《新蔬诗》也写得好："黄瓜翠苣最相宜，上市登盘四月时。"四月的莴苣是春莴苣。翠苣的翠，不但悦目，也给人以脆生生的感觉，既是口福，也含着精神愉悦。我削罢了莴苣，喜欢欣赏一番那水泠泠漾着细腻光泽的多棱体，觉得那不但是菜，也是静静碧透了的一泓春水。春水莹莹，又似有盈盈的情义在波心里沉凝，使人心生喜悦。三、四月间常会青黄不接，莴苣恰于此时上市，仿佛带着天佑人间的美意。

说了半天，都是有茎的莴苣。还有一种叶用的莴苣，人们专吃它肥嫩的叶片，通常谓之生菜，徐州和南京人谓之莜麦菜。我初听人呼莜麦菜时说，不就是莴苣叶嘛。被人讥为不通，遂噤声。后来查知了它的底细，再这么说时，轮到众人噤声。可见对寻常所见的莴苣，普通食客仍然所知甚少。

茎用的莴苣也分许多种，朱熹《格物论》中即有白苣、紫苣、芒苣、编苣的记载。茎用莴苣尚有莴笋、香笋的别名。大约以其雄壮吧，个别地方也有称之为石笋者。

莴苣的吃法，李时珍在《本草纲目》中建议说："俱不可煮烹，皆宜生挼去汁，盐醋拌食。"说得好。生吃，吃的是新鲜，新鲜，也正是菜蔬最动人的性情。

杜甫喜食莴苣，并且还亲自种过。他的《种莴苣》诗："堂下可以畦，呼童对经始。"这样的大呼小叫是士大夫的种法。可惜莴苣种下后二十多天不出苗，野苋菜倒长了不少，引得他大大地发了一番感慨。

杜甫《种莴苣》诗中还有"登于白玉盘，藉以如霞绮"的句子。清透的莴苣何以会突然有锦绣灿烂般的感觉，是老夫子莴苣吃得太多，以至眼睛出了毛病吗？

专家告诫：莴苣对视神经有刺激作用，多食使人目糊，故视力弱者不宜多食。但只须停食几日，自然无事。

照完相，吃茄子

Eggplant

上海菜里有"剁椒捏落苏"。落苏为何？落苏就是茄子，剁椒捏落苏就是剁椒茄子。落苏是古语，念一念，会有种很特别的感觉。垂落下来的流苏，多么好呀，闪着幸福的细碎光泽，一派流亮富丽。

照相的人按快门前,总习惯性地提醒大家:"跟着我说,茄—子—"于是众人就跟着傻不拉叽地说:"茄—子……"

茄子声里,横眉冷对的鲤鱼嘴整成了谄媚的菱角嘴,脸上也纷纷挂上了笑意。

茄子声里,咔嚓,成了。

为什么要说茄子呢?换成葱不行吗?

不行,不要说口型不对,就冲赵丽蓉小品的台词"我看你像根葱",就不合适。

蒜呢?俗语:"瞧你那头蒜!"也不合适。

豆角茎荙胡萝卜……都不行,像骂人。还是茄子最好。

一朋友从法国来,说,法国人照相不说茄子,说肥肉。肥肉,是音译还是意译?讲究何在?没人问。法国毕竟遥远,而且,肥肉只在困难年代比较吃香,现在,已被许多人看作垃圾食品。吃茄子才健康。

的确，茄子是佳蔬，含长寿意。茄子喊出的同时，也同时喊出了祝福，大家心情都好。

照完相吃茄子，心情更好。糖醋茄条、三鲜茄子、铁板脆香茄子……但这次我们点的是肉末烧茄子，将茄子切成滚刀块，放入热油锅煸炒，再放入肉末同烧，柔烂软香，滑润可口。

用肉末是菜馆的做法，在家，一般做茄子烧肉，大块茄子，大块猪肉，猛烧再细炖，最后，茄子收走了肉汁，那个鲜美。一道菜吃到最后，往往盘子里剩下的就只有肉块，茄子，早已影踪全无。

饭店里的茄菜，因其形色更好，有看相，亦可拍照。如鱼香茄饼，像色泽红亮的金饼，吃起来外酥内嫩，鱼香浓郁；如九味烹茄子，汤汁鲜艳红亮，茄子麻辣柔软，上面点缀少许香菜，热腾腾一派富贵气，又不乏清新。这样的菜拍了去，日后闲时翻看照片，仍然止不住唾津的潜溢。

茄子在菜单里亦能文化味十足，如上海菜里有"剁椒捏落苏"。落苏为何？落苏就是茄子，剁椒捏落苏就是剁椒茄子。落苏是古语，念一念，会有种很特别的感觉。垂落下来的流苏，多么好呀，闪着幸福的细碎光泽，一派流亮富丽。这该是南方产的长条形茄子吧。茄子的美，也能美到让人如此心旌摇曳。但上海人似乎只对这种长茄子浮想联翩，却管北方的圆茄叫"大炮"。

大炮，这名字也特别。上海人的菜篮子里不但装着流苏，还装着大炮，想一想，有意思。

叫大炮，有揶揄北方茄子粗笨意。罢了，随你怎么叫吧，谁都知道，大炮的威力自是不同凡响，"轰——"它携带的美味和香气呼啸而至，多少人胃口里板结的东西瞬间崩溃，多少味蕾忽然醒转，雀跃欢腾起来。

也有人管茄子叫昆仑瓜（简称昆仑），如清朝诗人叶申芗《踏莎行·茄》："昆仑称奇，落苏名俏，五茄久著珍蔬号。自从题做紫膨哼，食单品减知多少……"

呼茄子为昆仑，大约有说明茄子是从西域传来中原的意思，而"紫膨哼"就让人忍俊不禁了。茄子紫不溜丢，胖乎乎的身材，与庙里圆滚滚的哼哈二将倒真有点相像。

"夏雨早丛底，垂垂紫实圆"，茄子，大概绝想不到自己会给人带来这么多的联想吧。而且叶申芗还呼其为"珍蔬"。在菜园子里傻乎乎生长的茄子，闻此赞誉，原本就紫溜溜的脸，怕已经涨得更紫了。

我的家乡多产紫茄子。夏秋季节，乡亲们干完了活，常拐到茄子地里，拣大个的扭下两个来，回到家，洗净，丢到煮稀饭的锅里，米烂了，茄子也熟透了。或者连洗也不用洗，直接埋在炭火里烧熟，再用湿布擦净。这样的茄子，切成条，拍两瓣蒜拌上，就是清香可口的美味

长在菜园里的茄子，很少有人去为它们拍照，种它

的农夫也很少拍照。印象中，我的一位同事拍过一张。那是在一个菜园里采访时，小西瓜般大的茄子实在诱人，同事就让苍老的菜农把脸靠近茄子拍一张，以示丰收。后来，那张照片还刊登在报纸上。

拍照时，同事没有喊茄子，而是说："笑一笑，笑一笑……"大概他以为，对着朴实的菜农和茄子喊茄子，有点不伦不类吧。

芹中情

Celery

旱芹生平地,水芹生江湖陂泽之涯。旱芹比水芹粗大,茎也硬朗爽直得多。旱芹秀健,水芹妩媚;旱芹是律诗,水芹是小令;旱芹是碧波荡漾,水芹是春水渐宽。

在菜园里，与白菜萝卜茄子辣椒相比，还是芹菜最有美人相。有个形容美女的成语叫亭亭玉立，换成婷婷芹立也很合适。

小时候吃芹菜，最喜的是芹菜炒肉丝。生活困难，肉难得一见，所以，吃这道菜，其志在肉而不在芹菜。但芹菜炒肉丝要待客时才有，宾客之间讲的是彬彬有礼，虽然肉好吃，但大人的筷子首先伸向的还是芹菜，只有小孩子专挑肉吃。芹菜有美人相，可惜小孩子既不懂礼数，也不解风情。

没有肉呢？平常居家过日子，就芹菜炒芹菜。

后来生活好了，芹菜炒肉丝几乎家家都可以放开肚皮吃，它却渐渐从宴席上消失了，代之而起的是西芹炒百合。徐州的酒宴，一开始点菜，很少有人点西芹百合，一般是等到宴席的后半段，上主食之前，主人再加点两个素菜，这时候常有西芹百合炒上来。百合如玉，西芹如翡翠，有时再点缀几粒红玛瑙般的枸杞子，端得好看。几乎吃饱了的客人，骤然"美色当前"，又不免精神一振，夹两段在口里，脆脆嫩嫩，汁液从齿颊间流过，恹恹思睡的胃也像突然醒了过来。

从配荤到返素，生活质量在提高，口味，兜了一圈，又回来了。

但西芹已非传统的芹菜，这是近年来从国外引进的大型芹菜，叶柄宽而肥大，纤维少，品质脆嫩。不但在餐桌上，即便在菜园子里，它也渐渐代替了株形高而细长的传统品种。

有西芹，原来我们吃过的那些就叫本芹了。本芹，随种植地域不同，又分旱芹和水芹。我在北方，从小接触的都是旱芹。水芹生南方，《吕氏春秋》载："菜之美者，有云梦之芹。"这云梦之芹，就是水芹了。与旱芹的颀长高挑不同，水芹叶柄长，叶片大而翠绿，无主杆，根部硕大，是一团白茎，枝叶从白茎抽长，呈伞状蓬生，叶细碎而枝条纤细。

云梦之芹，多么美妙的名字，当春雨暖了江南，水沟旁，湿地上，绿油油的芹菜一片片鲜活地漫开，它蓬生的枝叶就像一朵朵浮动的绿云，天地间弥漫着芹香，那芬芳的气息，多么像缥缈的美梦。

旱芹生平地，水芹生江湖陂泽之涯。旱芹比水芹粗大，茎也硬朗爽直得多。旱芹秀健，水芹妩媚；旱芹是律诗，水芹是小令；旱芹是碧波荡漾，水芹是春水渐宽。

我到南京后，才吃到水芹，香气浓郁，比旱芹口感更好些。也有称水芹为楚芹者，因其过去多产楚地，其中又以蕲州最为有名。苏东坡被贬黄州时，到过蕲州，发现彼地芹菜味美，而他老家有道菜"春鸠脍"，其做法是用雪下芹菜的嫩芽，配以斑鸠肉丝炒熟。于是，他就把老家的菜改良成了"蕲芹春鸠脍"，即今"东坡春鸠脍"是也。

斑鸠是美味,宋朝时似乎比现在多得多,抓来炒吃,也不会有野生动物协会的人士来抗议。苏东坡到杭州做官时还发明过"东坡肉"。他在仕途上是个倒霉的人,但奇怪的是,放逐江湖的政治灾难却把他造就成了美食家。

芹菜,也有许多人叫它"富菜",因"芹"音 qín,与"穷"近,所以反其道而行之。对贫穷的恐惧,使人在给菜命名时也风声鹤唳。

其实,"芹"与"勤"音才更近,近到完全相同。一畦畦的芹菜,看上去永远都是安静的。可在广阔的田畴里,到处都走动着勤苦的人。我的乡亲中,许多人名字里带个"芹"字,且以女性为多,是要借重芹菜的美人相,也借重其勤劳意。漂亮与勤劳,在朴素的乡村审美观里是不可分的。

芹菜长到粗大时,茎中会有空隙——芹菜是虚心的菜。李白:"徒有献芹心,终流泣玉啼。"杜甫:"献芹则小小,荐藻明区区。"都自谦得不得了。著名红学家周汝昌先生出了书，也取名《献芹集》。芹菜使人谦虚，而我们都知道，谦虚使人进步，骄傲使人落后。李白、杜甫、周汝昌，不是诗坛巨星，就是学界名流，他们的煌煌成就里，或许也有芹菜的一份功劳吧。

芹菜，与处于穷途的文人也似乎特别有缘。苏东坡创名菜"蘄芹春鸠脍"，他大概想不到，数百年后，一位身在南京的文人也爱吃这道菜，并因此自号雪芹、芹圃、芹溪。只是他在生活中比苏东坡还背运，只有文学成就一点也不比苏东坡差，写出了旷世名作《红楼梦》。

雪底芹菜的嫩芽，色泽清雅，娇嫩异常，是难得的美味，又像是人生或文学的隐喻。

采菱曲

Water chestnut

携笼去，采菱归。碧波风起雨霏霏。

菱角，在古代单名"菱"，类似某个女孩子的名字。采菱的，似乎也多为女子。唐人崔国辅《小长干曲》写到了采菱："月暗送湖风，相寻路不通。菱歌唱不彻，知在此塘中。"小长干遗址在今南京市南，过去靠近长江边。这首诗很有意思，写的是一个男子去寻心上人，却因荷塘沟渠纵横，一时找不到。这时，他听到采菱姑娘们的歌声，于是就凝神细听，终于听出来了，心上人就在其中。

这真是很美好的事，读这样的诗，总忍不住为诗中的人高兴。在月光中行走的男子，是不久前"停船暂借问"的那个吗？又或者是小时候"郎骑竹马来，绕床弄青梅"的那个？而江南的姑娘们，仿佛一长大总是要去采菱的，旖旎的面影，隐没在淡淡的月色和歌声中。只是我闹不明白，那些小美女们采菱怎么老是选在晚上呀？到底是因为勤劳呢？还是为了约会方便呢？

不过，有一点我留意到了，逢采菱，总是要唱唱歌的，这是老传统。比如屈原的《楚辞·招魂》："涉江采菱，发扬荷些"，不知这是不是采菱唱歌的源头。再如齐·王融的《采菱曲》："荆姬采菱曲，越女江南讴"；还有宋·赵孟𫖯的《仙吕·后庭花》："采菱谁家女，歌声起暮鸥"。采菱是快乐的，因劳动强度不大，充满趣味，所以有种婉曼柔美、舒缓悠扬的风情。唐诗人王建说："水面细风生，菱歌慢慢声。"慢，是抒情的，惬意的，因而也格外动人遐想。采菱的人，也就都成了些满怀情思的人。

采菱唱歌风气最盛的时候，应该是在南北朝，那时《采菱曲》已是"曲子词"，写得人很多，甚至连皇帝都亲自下笔，如简文帝的《采菱曲》："菱花落复含，桑女罢新蚕。桂棹浮星艇，徘徊莲叶南"。江淹在其《莲花赋·序》中说："故河北棹歌之姝，江南采菱之女，春水厉兮楫潺湲，秋风驶兮舟容与。"泛舟湖池，采摘菱叶、菱芰，唱《采菱曲》，不但是民间女子的节目，也是皇帝、宫娥和士大夫们的赏心乐事。

俱往也。翻书时，对古人采菱的情景总会心驰神往一番，但行走在今天的市井中，我们只是些热爱吃菱角的普通食客，与风雅已很难挂上边。南京多菱角，我来此数年，吃的菱角，比在家乡三十多年里吃的总和还多。菱角四月长叶，六月开花。一进六月，菱角叶下已有嫩菱生出。七月，菱角成熟，八月，菱角开始脱落，也就老了。在江南，六月已可吃到嫩菱。这时，菱角被绿色外衣包裹着，菱尖很软，菱皮也薄，轻轻一剥即可剥开，里面的菱肉雪白娇嫩，放到口中，舌一压就化了，满口清甜。八月以后，菱角壳已很硬，采回来后要抢去外皮，带着硬壳煮，熟后，在菱角中间的顶部轻咬一口，再用手顺着咬开的裂缝掰开，就剥出了菱肉。八月的菱角少了点清甜，却有了更多的香味。菱角晒干了可久贮，冬春常食，这样的菱角，肉结实，多了些面性。南京的餐桌上有一道菜曰"大丰收"，是番薯、芋头、玉米的拼合，也有菱角在里面。"大丰收"里的菱角，人多不食，嫌其壳硬，吃起来有难度，我独取而食之，爱其有不同于五谷的清香。

其实我的家乡也产菱角。我曾工作过的一个镇子，离产菱角的微山湖不过十余里，但我不是水民，吃过的，印象中都是黑乎乎的老菱角，哪里知道菱角各个阶段的妙味，更不知道用菱角做菜，方法也能多得让人眼花缭乱。南京的菱角菜，我印象比较深的有椒盐菱角，是把菱角肉裹面粉用油炸，然后下蒜茸、干辣椒粉、淮盐、黄油，以花雕酒炝锅，再倒入菱角爆炒即成，风味独特；还有红菱花菇，以菱角肉和花菇同焖，清淡可口。此外，菱角鸡块、南乳五花肉炖菱角、牛肉菱角也都很好吃。

我的家乡地处黄河故道。再往北方，白洋淀的菱角也是名种。

我国东南、西南诸省皆产菱，又因蜀地历史上文化最发达，那里的菱角也似乎分外香。西蜀后主王衍的供奉词人李珣有《南乡子》词，中有"携笼去，采菱归。

碧波风起雨霏霏。趁岸小船齐棹急。罗衣湿,出向桄榔树下立"等句子,写的是蜀宫锦江之畔的宫女、歌妓采菱的情景,其风雅不让江南。

菱角,不管产在哪里,都是吉祥的菜。菱与灵同音,所以许多地方的人会让小孩子多吃些菱角,以冀他们能长得更加聪明伶俐。

菱角除了是美食,还是补品。按照医家的说法,菱角补五脏,除百病,消毒解热、利尿通乳,还能解酒毒。

吃完了菱角肉,壳子也别丢掉,熬成汤,用以代茶喝,对腹泻、痔疮、脱肛、胃出血患者的康复颇有助益。

雨后木耳

Agaric

木耳柔柔软软的,其实也很坚强,它从腐木中闪身出来,走的是一条没有退路的路。或者,它是腐木出窍的魂,这魂,拒绝滑向腐朽,它就在黑暗中跋涉,终于绕过死亡的深渊,用一小片耳朵把握住了世界,从而也把握住了自己的命运。它黑黑的躯体,还带着黑夜的颜色。

一夜淅淅沥沥，天亮时，雨却停了。于是去山脚下散步。

雨后的空气格外清新，所有遇见的草木都有欣喜态。一只水鸟在河对岸的树丛里叫，喉咙里像含着液体，一声啼啭，空气里便荡漾着清脆的水音。几块岩石，被雨水洗得发青，像一群傻子。

同样有点发傻的，是河边的几根半腐的木头，黑乎乎的，不知何人何时丢在这里。今晨走过，无意间一瞥，竟发现那木头上生了许多木耳，不由眼睛一亮。

有了木耳，一切都不一样了。再看那老木头，觉得它们不是发傻，而是大智若愚。

新生命总是可爱的，即便它是黑黑的木耳。我凑近了看，发现，因了雨水的滋润，这些木耳，都给人以亮亮的半透明的感觉。

木耳分两种，一种正面光溜溜的，背面密披白绒毛，叫毛木耳；另一种两面都光溜溜的，叫光木耳。眼前的这些是毛木耳。光木耳我也见过，似不如眼前的毛木耳烂漫。

木耳好吃，也好看。像这样的雨后，大地的确是有了变化，比如草长长了，树上的叶子也可能多了，但这些都不易分清，只有木耳，从木头里钻出来，一片片清清楚楚。

木耳作为佳蔬，是备受珍视的山珍，很早已进入食谱，在鸡、鸭、鱼、肉各种烹炒煨炖中，均为重要配料。木耳也可作主菜，比如凉拌黑木耳，就是把黑木耳汆熟后，用醋、麻油、葱丝、剁椒等调料拌一下，味道很好。我前几天在家里拌过一个，女儿吃得很香。

凉拌木耳，最好选像我现在看到的这种毛木耳，一大朵一大朵，厚厚的，吃起来肥美。袁枚的《随园食单》中记载，"扬州定慧庵僧，能将木耳煨二分厚"。如此厚的木耳，品相好，味道也肯定不错。

木耳被称为"素中之荤"，我从小喜欢吃。那时候很少能吃到肉，木耳就是肉。木耳软软的，富含胶质，对于久疏肉味的味蕾来说，很容易产生肉味感。木耳，除能在雨后的野外采到，院子里墙根丢着的一些杂木也生。小时候，我家庭院里有这样的木头，只是雨不常有，我就偷偷地把塘水泼到木头上。可惜好好的木头都泼坏了，却只长出了云翳状的小"蛾子"，不能吃。

木耳要什么时候从什么地方冒出来，对于少年的我，曾经是个很神秘的问题。

我那时候吃的都是鲜木耳。实际上，鲜木耳是有点毒性的，不适合立即吃下。《本草经》载："木耳多生湿地之朽木，味甘、性平、有小毒，生槐树、桑树者为上品，生枫树者不可食。赤色仰生者有毒，采回变色、夜视有光、烂不生虫者亦有毒。"

但好的木耳是菜中补品。它是各种食物中含铁量最高的。中医还认为，木耳归脾、肾二经，有滋养益胃、安神润燥、活血祛痰之功效，主治血病症瘕积聚、崩中漏下、痔疮出血、血痢便血、高血压、心血管病、动脉硬化等中老年疾患和各种慢性疾病，并具有防病作用。同时，木耳还被誉为"人体的清道夫"，它的植物胶原成分具有较强的吸附作用，能溶解氧化人无意间食下的难以消化的毛发、谷壳、木渣、沙子、金属屑等异物，清理消化道，清胃涤肠。从事矿石开采、冶金、水泥制造、理发、面粉加工、棉纺毛纺等空气污染严重工种的人，应该常吃木耳，有保健效果。

有时候我想，第一个把木耳叫作木耳的人，是值得尊敬的。他一定是心怀爱意，觉得这个世界充满了音乐性，才会有此命名。比如现在，这些可爱的小耳朵，我想它们和我一样，正醉心于风声、流水声，和不远处水鸟的鸣叫吧。

木耳自腐木生出，这是腐木的蓄念吗？不好说。木耳柔柔软软的，其实也很坚强，它从腐木中闪身出来，走的是一条没有退路的路。或者，它是腐木出窍的魂，这魂，拒绝滑向腐朽，它就在黑暗中跋涉，终于绕过死亡的深渊，用一小片耳朵把握住了世界，从而也把握住了自己的命运。它黑黑的躯体，还带着黑夜的颜色。

木耳，又不仅仅像耳朵，它还像漂浮的云朵、重叠的浪花，或者，那闪着的光泽，还像笑容，可爱而顽皮的新生儿的笑容。云朵、浪花与新生儿的笑容，都是轻盈的，都含着生命的无限欣悦。

茭白之美

Water bamboo

悠悠岁月里,这逐水而生的植物,一直保存着江南水乡宁静而悠然的魂魄。

曾经，茭白是地道的南方菜，与莼菜、鲈鱼并称江南三大美味。

童年的美味，像一种终生使用的识别系统，可以随时将心灵格式化，所以此地人民离开故土，一旦思乡，首先想起的常常是这些菜。鲁迅在编定《朝花夕拾》后写了篇《小引》，其中说："我有一时，曾经屡次忆起儿时在故乡所吃的蔬果：菱角、罗汉豆、茭白、香瓜，凡这些，都是极其鲜美可口的；都曾是使我思乡的蛊惑。"不但鲁迅，晋代苏州人张翰在京城洛阳做官，秋天时忽然想到家乡的菰菜（茭白）、莼羹、鲈脍，就起了乡愁，当即辞官东归。

江南名菜，消磨了多少男儿壮志，也成就了多少名士佳话。

乡愁是种病。在乡愁中，食物像药。因为连着亲人音容、人情物理、儿时旧事，食物的美味在回忆中常常被夸大，所以鲁迅又说："我在久别之后尝到了，也不过如此；唯独在记忆上，还有旧来的意味留存。"鲁迅是个清醒的人，但乡愁本就是梦，处在醉与醒之间，点破了，食物作为药的效用也就失灵了，人事都显得无趣。

不但乡愁是病，茭白也是病。菰，原是一种谷，古代六大粮食作物（稌、黍、稷、粱、麦、菰）之一，生长在浅水田或水渠旁，在我国已经有3000多年历史。《史记·司马相如列传》："其卑湿则生藏莨蒹葭，东蔷雕胡。"司马贞索隐："雕胡，案谓菰米。"它的叶子与芦苇的叶子很相像，可以包粽子，花小而色淡，落后结的籽是黑色的，长形，两端尖，剥去外壳，可食用，所以杜甫在诗中说"波漂菰米沉云黑"。

菰只有生了病才会生出茭白。菰米结穗时，如果抗病能力减弱染上黑粉菌，便不能再开花结籽，但茎部却会不断膨大，逐渐形成纺锤形的肉质茎，这就是茭白。

茭白是病体，但这病体对人不但无害反而有益，并逐渐成了人们不可缺少的水生蔬菜之一。大约在五、六世纪，人们开始有意识地利用黑粉菌让菰得病，以求繁殖畸形植株作为蔬菜。此事绵延千载，现在，人们反而把那些没有病的、会抽穗结籽的茭白看作是退化、野生种了。

在很长的一段历史时期里，菰米和茭白是同时存在的。菰米饭很好吃，又香又滑。宋·陆游《村饮示邻曲》诗："雕胡幸可炊，亦有社酒浑。"清·赵翼《宴集九峰园》诗："烹鲜斫鲙炊雕胡，主人称觞客避席。"似乎说的都是菰米饭，而非茭白。但唐·皮日休诗句："怪来昨日休持钵，一尺雕胡似掌齐。"说的显然已是茭白。

自从被当作蔬菜后，菰的别名也多起来，如菰芛、菰瓜、茭瓜、茭笋、水笋、高笋等。茭白确实有点像笋，但比笋更白，正应了茭白的一个白字。白，洁白，剥去外壳后的茭白莹婉如玉，玲珑可人，再加上整棵的茭白在生长中娉娉婷婷如玉女临风，娴静淡雅而不张扬，就有些地方把茭白叫脚白笋，更有甚者称它为"美人腿"。此等称呼，类似"西施舌""美人捞""玉女脱衣"之类菜名，暧昧意味大增，虽活色生香，与茭白的清纯形象终究有了距离，有乡村妹子进了十里洋场变成了交际花的感觉。

茭白是美味的，作为家常菜蔬，虽无富贵之气，却有清淡本色和水性真味。它脆滑而略带柔性，微甘中有一股清香，为自然之本味的蔬中上品。清代李渔说，蔬食之美，一在清，二在洁。茭白形质，堪担其美。

茭白也是体贴的。《本草纲目》说它"解烦热，调肠胃"。茭白解酒最是有效，一个思乡的人若喝醉了酒，以茭白汁灌服，有奇效。它对黄疸、小便不利、大便秘结、产后乳汁不下、高血压等症也有不错的辅助治疗效果。

茭白，外观其形鲜嫩水灵，内品其味清虚淡雅，与中国的某种优质文化人格一直相辅相成。"空江浩荡景萧然，尽日菰蒲泊钓船。"（唐·张泌）菰叶丛中，一直就是高士的居所。

茭白曾经是秋季一熟，到明代培育出夏秋两熟茭，明代人对茭白贡献不小。明诗人许景迂专写有《茭白》诗："翠叶森森剑有棱，柔条松甚比轻冰，江湖若假秋风便，好与莼鲈伴季鹰"。好个"柔条松甚比轻冰"，写尽了茭白寒凉而高洁的气质。

茭白，虽然现在从东北至华南都有栽培，但名种仍多出自南方。在南方的天光云影中，泊着小船，婉约着棹歌，也摇曳着青青的茭白。悠悠岁月里，这逐水而生的植物，一直保存着江南水乡宁静而悠然的魂魄。

蒲菜嫩

Cattail

宋·苏辙《游泰山·岳下》诗:"腥·及鱼鳖,琐细或蒲菜。"蒲菜是清远隐士,腥·鱼鳖乃江湖红尘。但高士总要涉足红尘,才好建功立业的。

过去不起眼的菜,现在有好多是珍品,比如蒲菜。

小时候,我姑姑有个女同学,她公公在故黄河上摆渡。故黄河水很深,两岸蒲苇茂盛。她到我们家来的时候,有时会带一只甲鱼,或一捆蒲根。现在野甲鱼价格胜猪肉十倍,那时候还没有野生一说,可我不喜欢吃,以为与猪肉味道相差远甚。蒲根(其实是茎),母亲剥去其外部绿色的叶鞘,留取内里白色的一段,大约有一尺长短,拇指粗细,就是蒲菜。

蒲菜是好看的,如葱白,如羊脂,如美玉,如象牙,嫩嫩的含着饱满水汁。母亲做蒲菜,一般是把它切段,清炒,但味道并不见佳,我也不喜欢吃,以为比菜园子里的茄子豆角西红柿还要差些。母亲不是美食家,不懂烹饪之道,且其时世道艰难,蒲菜炒蒲菜,最多丢几粒辣椒调配,难免误了蒲菜的前程。我到许久之后才知道，蒲菜味淡，只是清新而已，非得有味蕾感觉极敏锐的人，才会喜欢蒲菜的清炒和凉拌，那是一种类似"回也不改其乐"的境界。一般情况下，要先焯后焖，配些味道鲜、厚的菜同烹，既保清香又能入味，如淮安的开洋蒲菜、济南的奶汤蒲菜、上海的上汤瑶柱蒲菜，分别以海米、奶、扇贝配蒲菜，走的即是此种配合之道。宋·苏辙《游泰山·岳下》诗："腥膻及鱼鳖，琐细或蒲菜。"蒲菜是清远隐士，腥膻鱼鳖乃江湖红尘。但高士总要涉足红尘，才好建功立业的。

凡有池塘处，皆有蒲苇的歌声。虽南方多水网，蒲菜在北方却也不少。民国初期《济南快览》说到蒲菜，"其形似茭，其味似笋，遍植湖中，为北数省植物菜类之珍品"。蒲菜确实有点像茭白，其品质，茭白却无法与之相提并论；与竹笋相比似也有高下之分，淮安人誉其为"天下第一笋"，对其珍视可见一斑。

我去淮安数次，都在夏秋季节，朋友招待，每餐必有蒲菜。淮安人是喜欢吃蒲菜的，《淮壖小记》云"新蒲入馔酒频携",吴承恩也在《西游记》中说:"油炒乌英花,菱科甚所夸,蒲根菜并茭儿菜,四般清水实清华。"古淮安城坐落于现在该市的楚州区,过去以天妃宫所产蒲菜最为肥美。南宋时,梁红玉曾协夫镇守淮安,以蒲菜济军粮,得以胜金兵,使淮安蒲菜名扬天下。淮安蒲菜的佳馔,除开洋蒲菜外,还有蒲菜斩肉、鸡粥蒲菜、红玉列兵等。红玉列兵是以红色虾仁配一段段排列整齐的蒲菜,虾仁如将帅,蒲菜如列兵,不但赏心悦目,其味亦鲜美爽口,清香嫩滑,文化与佳肴同食,端得是沁人心脾。

"其嫩若何,淮笋及蒲。"沿淮河上溯,河南淮阳的酱蒲菜也很好吃。将剥好的蒲菜腌在甜面酱内,冬春时节食之,脆甜之外添有浓郁的酱香,别具风味。

淮安距我的家乡徐州三百里,过去都属古徐国,在饮食上,却分属鲁菜和淮扬菜系。鲁菜中,奶汤蒲菜和锅塌蒲菜都很有名。山东人也许应该感谢蒲菜的,孔老夫子周游列国至陈时差点饿死,肚饥难当中以蒲菜为食，熬了过去。信奉"割不正不食"的圣人，吃蒲菜不知是怎样个吃法。但吃蒲菜显然与礼不悖，他编订的《诗经》中有"其蔌维何？惟笋及蒲"的诗句，他赞赏的《周礼》中有"蒲菹"的记载。这也说明早在孔子之前，吃蒲菜已很流行。

济南的大明湖过去盛产蒲菜，现在不知是否还有。

蒲菜之名全国通用，它还有别名深蒲、蒲白、蒲笋、蒲荔久、蒲芽、蒲儿根、蒲儿菜等，都离不开个蒲字，只有南京人叫它蒿儿菜。南京饭馆的菜单上，肉丝炒蒿儿菜、蒿儿菜鸭蛋汤，都是蒲菜。但因这些菜名与含有蒲菜名的食条混列，有时难免让人误会。

蒿儿菜之名，只有业内人士和老南京还这么叫，年轻人已改叫蒲菜，但也是知其名者多，吃其菜者少。南京江河湖汊密布，是适宜蒲菜生长的，不知为什么，菜市场里蒲菜却很少见。

江苏除淮安、南京外，高邮的蒲菜也很有名，汪曾祺的文章里曾经提过。明代高邮散曲作家王磐还写过一首蒲菜歌："蒲菜根，生水曲，年年砍蒲千万束，水乡人家衣食足。今年水深淹绝蒲，食尽蒲根生意无。"

蒲菜生浅水中，随时准备上岸救济贫苦，可在一些特别的年份，它们连自己的性命也无法保全。

"一箸脆思蒲菜嫩，满盘鲜忆鲤鱼香。"（明·顾达《病中乡思》）蒲菜是乡野菜，带着浓浓的乡恋，或许还带着点淡淡的乡愁。《随息居饮食谱》载，蒲菜能"清热，养血，消痈，利咽喉，通二便"。现代医学认为它有清热凉血、利水消肿的功效，能治孕妇劳热、胎动下血、消渴、口疮、热痢、淋病、白带、水肿、瘰病。可见，即便没有什么劳什子乡愁，多吃些蒲菜，对身体也是有好处的。

茼蒿与菊花菜

Crown Daisy

茼蒿不起眼,甚至有点柔柔弱弱的,其中的味道却甚为复杂,有传统,有文化,有诗情画意,有历史兴衰,有人生感慨。宋代大诗人陆游在回到故乡山阴(浙江绍兴)时写道:"小园五亩剪蓬蒿,便觉人间迹可逃。"仿佛只有在种茼蒿的菜圃里,才能逃离人世的烦恼。

茼蒿之名，最早则见于唐代孙思邈的《千金方》。不过唐官修《本草》作"同蒿"。同与茼混用。

许多人以为茼蒿原产我国，其实不是。它原产地中海，唐朝时传入我国，因年代久远，许多人就把它当作了"自家人"。茼蒿因花冠似菊，清雅脱俗，在欧洲是种在庭园中的观赏植物，来到中国后才成为口腹之物。不过它在我国最早可能是作药用的，能入《千金方》，孙思邈看重的是它"安心气、养脾胃、消痰饮、利肠胃"的功能。但它渐渐成了餐桌上的美味。咱们中国人在吃上，总是比洋鬼子们要敏锐得多。

吃茼蒿，主要是吃它的嫩茎叶。茼蒿的嫩茎叶，掐了还生，蓬蓬地越生越多，所以又名"无尽菜"。

茼蒿的吃法，一是氽汤，二是凉拌，此外，粉蒸、作火锅料或热炒作荤菜衬底，也别具风味。北方用它配羊肉同涮，风味殊佳。羊肉性热，茼蒿清血养心、润肺清痰，绝配。只是北方人不怎么叫它茼蒿，而是叫它蓬蒿或蒿子秆。蒿子秆这名字我也喜欢，无柔弱感，爽健。

茼蒿有蒿气，它的香是有点怪异的，所以，有人喜欢，有人不喜。

茼蒿还叫"打某菜"。它含水量大，一经热烫，体积缩小得厉害，下了一大锅，却煮出一小碟，古时有不明理的丈夫，怀疑妻子馋嘴偷吃，就大打出手，所以落下这个名字。

茼蒿春、秋、冬季皆可播种，春、夏、秋三季可随时采摘。春天，它是最早的时令菜之一，故又名春菊。苏东坡诗"渐觉东风料峭寒，青蒿黄韭试春盘"，这里的"青蒿"就是茼蒿。

春天的茼蒿很好看。菊，本是秋天的景致，茼蒿却把它搬到了春天。早春的江南，不但大块的菜地里，房前屋后，阳坡上，沟渠旁，到处都有茼蒿的身影。茼蒿不事张扬，却有种自在的舒展。春风到了北方是浩荡的，在南方遇见茼蒿时，却散漫，无拘无束。若是几场春雨落下，茼蒿也会有逼眼的翡翠般的亮绿。

茼蒿做成了菜，仍然漂亮，轻轻咀嚼，幽幽的清香便从齿颊间开始弥散，渐渐地，五脏六腑里都满是清凉和舒爽。

南京的茼蒿，蒿气比其他地方淡，不知道是否与这里的水土有关。

南京人是宠爱茼蒿的。茼蒿有虎耳大叶种（圆叶种）、切叶种（裂叶种）、匙叶种等多种。

南京人这么喜欢茼蒿，可能与这个城市的素食传统有关。"南朝四百八十寺，多少楼台烟雨中"。据说南京的寺庙最多时有七百多座，皆烹素斋，并形成了寺院、宫廷和民间三大流派素食。而"全素宴"里，总是少不了茼蒿的。

茼蒿不起眼，甚至有点柔柔弱弱的，其中的味道却甚为复杂，有传统，有文化，有诗情画意，有历史兴衰，有人生感慨。宋代大诗人陆游在回到故乡山阴（浙江绍兴）时写道："小园五亩剪蓬蒿，便觉人间迹可逃"。仿佛只有在种茼蒿的菜圃里，才能逃离人世的烦恼。

当然，茼蒿最根本的，还在于它是药用价值很高的菜。高血压头晕脑胀、烦热头昏、睡眠不安、脾胃不和、食不消化、痰浊内停、记忆力减退及大便不通、小便不利等，吃茼蒿都有不错的效果。在衣食丰足的盛世，它是名副其实的保健菜。

悟道的茎菾

kohlrabi

茎菾，我说不清它在我心目中的地位。它像贫穷乡村的象征，我很难说自己真正热爱它。但只要回忆，脑海里就有它的位置。

双休日，忽然落了雨。冬天的雨，比雪讨厌，把树上残留的枯叶扫落在地，整个城市邋里邋遢的。本打算出去走走的，于是改了主意，就待在家里，炒炒菜，看看书。炒的是青椒、山药、芦荟，看的是齐如山先生的《华北的农村》。

徐州地处华东北部，算是华北的"郊区"，风俗物产相近，一看之下，觉得几如在说自己的家乡。又因为炒菜，对书中菜蔬一章多看了几眼，发现齐先生写到苤菈与苤蓝，竟是把它们当作两种菜分列开的。有些惊讶。在我的记忆中，苤菈与苤蓝是一种菜，苤菈是方言，苤蓝是学名。难道我错了？

于是看《苤菈》一文："此亦蔓菁之一种，不过彼是圆锥根，此系球状根，然而也有许多地方呼它为蔓菁者，口味养料，亦大致相同也。吾乡一带则特呼此为苤蓝，《玉篇》有此菈字，不过似系萝卜之一种，然萝卜之形状，与此大同小异，故借以呼此，然口味性质完全不同。"

于是又看《苤蓝》一文："此物见于何书，或何名，都不记得了，然在华北则很普遍……形似萝卜，萝卜半截生在土内，此则完全在地上，又似前边所说之苤菈，所以平常也呼为苤菈，但大得多，口味及吃法亦截然两样。此则皮系淡绿色，瓤亦稍绿，每颗一二斤不等。"

按照齐先生说法，苤菈就是蔓菁，只不过是球状根的蔓菁。苤菈属不属于蔓菁，对我来说并不重要，球状根就对了。在我的家乡，凡球状根者，都叫苤菈。但《苤蓝》一文中又说"但大得多……每颗一二斤不等"。我记得家乡的苤菈都是一二斤左右，难道它们都是苤蓝，而与齐先生文中的苤菈毫无关系？那么齐先生所说之苤菈又是什么呢？

一笔糊涂账。农民眼中的菜,与植物学书上的菜,分法可能会大异,像许多地方把芥菜与茎蓝都呼为大头菜一样,连它们根的形状也不作区别。我家乡那时除呼为茎菈者,还有一种叫辣菜疙瘩的,应该属芥菜,圆锥状的根。根缩小茎叶延长,还是芥菜,却更名为雪里蕻。雪里蕻就是春不老,这是一般人的分法,又有些地方的人不同意,比如河北保定一带,把二者分列。茎粗长者为春不老,类丛生叶多者为雪里蕻。

春不老与雪里蕻的分法,大约类似茎菈与茎蓝的分法。但是否需要区分,全在一地习惯。

茎菈,我说不清它在我心目中的地位。它像贫穷乡村的象征,我很难说自己真正热爱它。但只要回忆,脑海里就有它的位置。它扁球形的根,根上的叶痕,叶子上蜡一样的白粉,都在我脑海里清晰地保留着。

茎菈秋熟,基本与萝卜同期,宜生食,但又不如萝卜方便。嫩萝卜拔出来,可以洗洗干净就生吃,没有水,把皮剥掉也能吃。茎菈不行,它的瓤也是嫩的,但皮硬，剥不掉，洗净也下不了口。萝卜甜脆，茎菈却有股药味。此味，俗谓"cuan 哄味"，cuan，我说不准这个字的写法，是窜，还是蹿、撺、串？好像都有点，那味道怪怪的，不安分，不惹人喜，辛烈，像对生活的怨气。茎菈生吃，一般要切成细丝，放在水里浸泡，等到泡了一段时间——半个或一个小时，它胸中的怨气渐渐释放在了水里，清甜的味道才出来，你也才会注意到它是那么白，雪白。这时以盐、醋调之，再配上一点青红椒丝，好吃，比调萝卜丝还美。

但我是感激茎菈的，乡村也是要感激茎菈的。茎菈最大的用途，不是生吃，而是腌咸菜。乡村的腌法，是直接用大粒的粗盐。城镇或酱菜厂较讲究的腌法，是用酱油及五香粉等。这样腌得好吃，虽然黑不溜秋，却香气扑鼻。只是不管怎样的腌法，腌后都要晒干贮存。这时的茎菈都是皱巴巴的，一脸苦相，像经历了无数沧桑，很快地老去了。

腌后的茎菈俗称咸茎菈疙瘩，可以四季常吃，几乎家家必备。我在上中学的时候,许多同学每周都要带几个疙瘩到学校,一口馍一口咸菜,数年日月一晃而过。

咸苤苴疙瘩之所以得宠,不但因为无水菜时它可以哄饭,还因为它可以提供盐分。吃咸菜,吃的是菜也是盐,对于体力劳动者,出力流汗,盐分流失得快,咸菜是最好的补充。

咸苤苴疙瘩能常贮不坏,随着贮存岁月的增长,味道会越来越美。我记得村子里有许多人家,吃的是六七年前腌下的疙瘩。

很少有咸菜能存放这么久,苤苴是个例外。在清苦的时光里,苤苴在瓮器内悟道,黑甜渐渐浸透了它的灵魂。老疙瘩吃起来有股历久弥新的甜香,那甜香,该是岁月的真谛。

苤苴缨子也可以腌,类腌雪里蕻。冬天,腌好后的苤苴缨子,吃起来咯吱咯吱,要用力,像老鼠啃木桌子腿。

咸苤蓝疙瘩切成细丝也可以炒吃，多放辣椒。炒后用烙馍卷，香辣可口，且有筋道。

苤蓝亦可以炒肉丝，烧牛肉，但更多的还是生拌了吃。现在的生拌比过去更精致，比如再加入些青瓜、西红柿、白糖、鸡精，另用花椒放在油里炸出香味，捞出花椒，趁油热时将其浇在苤蓝丝上，最后洒上熟芝麻。色、香、味均臻于完美。

只是现在苤蓝很少见到，菜市场里偶有卖的，人多不识。

不但是新鲜的苤蓝，超市内，黑乎乎的咸苤蓝疙瘩也已难得一见。

榆钱片片春无限

Elm seeds

野野的歌声里的味道,正配得上榆钱儿的清甜,也配得上野野的青春、灼灼的桃花、乡村老屋门上鲜红的春联和在田野上呼呼刮过的春风。

我小时候是吃惯了榆钱儿的。吃法，不外乎生吃，蒸吃。不料今年春天去北京，误撞入一家菜馆，竟瞥见菜单上开列着一长串的榆钱菜，有榆钱炒肉片、榆钱炒鸡蛋、鸡蛋琉璃榆钱、榆钱面托、焦炸榆钱丸子、拔丝榆金珠、糖醋熘榆金珠、榆钱烩豆腐，点心有金星榆钱糕、切边三鲜榆钱饼，汤有榆钱蛋汤、榆钱豆腐汤……从凉菜、炒菜，到主食、汤品，一应俱全。

于是点菜的时候，要了一道榆钱炒肉片。菜端上来，肉薄如纸，配着一片片鲜绿的榆钱儿，给人以"歌吹当春曲"之感。入口清新鲜香，齿颊如沐春风，心中顿生风情。其他的，没点，就在菜单上影印的图片里欣赏。

菜单上的图片煞是好看。看着看着，胸中雅兴丝丝缕缕缠绕，诗情画意竟无边际地荡漾开去。

榆钱炒鸡蛋，黄金白银翡翠绿，却又散散的，清贵不俗。正是：

> 杯盘汤粥春风冷，池馆榆钱夜雨新。（欧阳修）

焦炸榆钱丸子，色如红金，榆钱儿裹在丸腹内，想必还是鲜绿的吧。正是：

> 长恨春归无觅处，不知转入此中来。（白居易）

榆钱豆腐汤，一片片云绿，加上如软玉的白，浮在半透明的汤汁中，春深似海。正是：

> 春风又绿江南岸，明月何时照我还？（王安石）

这是看图的感觉，因为没吃到口，才引起了许多遐想。不过，榆钱儿本是土菜，有了如此多雅致的吃法，倒真的没有想到。

榆钱儿虽土，却不但入得这样的大饭店，甚至入得朝堂。清代张潮编纂的《昭代丛书》里有本《人海记》写道："三月初旬，榆荚方生，时官厨采供御膳。"

官厨采榆钱儿，等于皇帝深入民间尝鲜。能不能尝得到民间疾苦？难说。皇帝或许品出了榆钱儿的清新，却未必知道，这一串串的榆钱儿对老百姓意味着什么。

榆钱儿，又名榆荚，是榆树的种子。《本草纲目》载："榆未生叶时，枝条间生榆荚，形状似钱而小，色白成串，俗呼榆钱。"榆钱儿一般结在春光明媚的三月。三月，也常是农家青黄不接的日子。榆钱儿虽是菜，非常时期，却也是百姓的救命粮。"吃糠咽菜"的菜里，必有榆钱儿一个份额。

不但百姓，榆钱在落魄的文人眼里也另有意味。如岑参"道旁榆叶青似钱，摘来沽酒君肯否？"再如元曲里的"又不颠，又不仙，拾得榆钱当酒钱。"似乎轻松，带着戏谑，实则透着无奈。

不管如何困顿，榆钱儿仍能给人间带来欢乐，不但它的滋味，仅仅采摘时的场景，就像一种娱乐。桃花开时，初生的榆钱也晶莹剔透了，一串串悬垂着，高大的榆树下热闹起来，有人用钩镰钩，有人在树下拾。有人背着筐直接爬上树去，将一串串榆钱儿捋进筐里。或者一边捋，一边把榆钱儿大把地揉进嘴里。

这时候，远方突然飘来了歌声：

南坡榆钱粗又高，树下妹子高挑腰。瓜子脸蛋细眉毛，害得哥哥睡不好。

一阵骚动之后，这边也有了回声：

高挑腰的有竿子，瓜子脸蛋有筐子。细长眉毛是镰子，要配你愣头愣脑傻小子。

野野的歌声里的味道，正配得上榆钱儿的清甜，也配得上野野的青春、灼灼的桃花、乡村老屋门上鲜红的春联和在田野上呼呼刮过的春风。

但现在，即便是在乡村，榆钱儿也已少见。榆树长得慢，人们不再种它，我这些年回过老家几趟，看见遍地都是意杨。

榆树少，不但不容易再吃到榆钱儿，那采榆钱儿和对歌的欢乐也都渐渐远去了。

胡萝卜的雅与俗

Carrot

文化就是"繁文缛节",文化就是"节外生枝",文化就是要有点"迂",文化就是你老得回头往过去里瞧瞧,不能提着一篮胡萝卜闷头赶路。胡萝卜原产地中海,初涉中土时如一莽汉,因外形类萝卜而被称为胡萝卜。但时光如梭啊,它早已服了水土,入了咱们的文化行列,摇身一变,高深莫测起来——文化就是高深莫测。

说一道川菜，叫金笋忌廉东星斑。做法是将东星斑治净，取肉，片成双飞片，卷起成卷，同取下的鱼头、鱼尾一起蒸熟，装盘。再把锅上火，注入金笋汁，上汤烧开，调味，勾芡后加入忌廉推匀，加亮油起锅，淋在鱼卷上，点缀香菜叶即成。

金笋汁者何？

金笋汁就是胡萝卜汁。

再说一道菜：甘笋燕窝羹。做法是将甘笋洗净切块，蒸熟后放入搅拌机内搅烂成茸备用，浸软的燕窝加水炖软，把甘笋茸及燕窝置入锅内，注入上汤，煮沸后以盐调味，生粉勾芡推成羹汤即成。这个是潮州菜。甘笋者何？你可能猜到了。甘笋也是胡萝卜。

再说一道菜：珊瑚鸡米，是将鸡丁、赤珊瑚、鸡蛋同炒。这是一道家常菜，赤珊瑚能吃吗？当然，赤珊瑚就是胡萝卜。

再说一道菜：卤胡芦菔，属韩国料理。胡芦菔，也是胡萝卜。

再说几道菜：珍珠玛瑙翡翠汤、荷兰豆炒甘笋、太极金笋羹……

在这些菜里，胡萝卜仿佛换了身份，变得文绉绉的了。其中，胡芦菔是最接近胡萝卜的，芦菔是萝卜的古称。苏东坡诗："秋来霜雪满东园，芦菔生儿芥有孙。"胡芦菔没有人给它写诗，但有人给芦菔写，它仿佛也就跟着沾了光。不过，也就是在菜谱上，换到了菜市场，你说买胡芦菔，可能没人理你。胡芦菔是不能吆喝的，要写才行。看菜单，有时候你还真的需要像孔乙己那样，得知道茴香豆的茴字有四种写法。

这就是文化，文化就是"繁文缛节"，文化就是"节外生枝"，文化就是要有点"迂"，文化就是你老得回头往过去里瞧瞧，不能提着一篮胡萝卜闷头赶路。胡萝卜原产地中海，初涉中土时如一莽汉，因外形类萝卜而被称为胡萝卜。但时光如梭啊，它早已服了水土，入了咱们的文化行列，摇身一变，高深莫测起来——文化就是高深莫测。

是的，胡萝卜跟金笋、赤珊瑚、甘笋、胡芦菔，在厨房里是同一个菜，但在文字里，却有不同的滋味。所以这些菜名里，用金笋、甘笋、赤珊瑚、胡芦菔行，换成胡萝卜就不太合适。金笋忌廉东星斑换成胡萝卜忌廉东星斑，好像沙龙里闯进了个二愣子；甘笋燕窝羹换成胡萝卜燕窝羹，有点乱炖；珊瑚鸡米换成胡萝卜鸡米，宝气丽色尽失；卤胡芦菔换成卤胡萝卜，像强迫一书生落草为寇。

胡萝卜尚有红芦菔、黄根、卜香菜、药萝卜等诸多名字，平时留心一下有好处，不然，卜香菜当成了香菜，药萝卜当成了萝卜，点上桌来，未必合胃口。

金笋忌廉东星斑我吃过一次，那是在秦淮河边的一家川菜馆里。先上来的是剁椒鱼头、毛血旺之类。附带说一句：川菜主辣，面对这样的菜，最能感受到人类强烈的好吃欲。菜本不需要辣的，是我们的好吃逼得它辣了起来，辣得我们摇唇吐舌，辣得我们浑身冒汗，辣得味蕾都暴跳如雷起来。不过，我们逼得有理，菜，也辣得有理，辣，辣得味蕾像扭迪斯科，激烈的节奏和况味自在其中，筋疲力尽后就感觉到了安舒。

扯得有点远了。话说我们正辣得不停嘘气，金笋忌廉东星斑上来了，仿佛一片喧闹中丽人登场，那喧闹立时消歇。鱼卷雪白，东星斑头部缠绕的花纹如丝绣，金笋汁里则有流动的艳丽。从来四川称天府，此菜仿佛有国色，我们的舌头马上就压住了阵脚，变得不敢放肆，筷子也像懂了礼貌，慢条斯理起来。从来秦淮佳丽地，春风案上有歌声。那时我就想，这菜名起得好呀，若换成了胡萝卜，肯定大失风情。

当然，菜馆里的菜单上，还是叫胡萝卜者居多：胡萝卜炖羊肉、胡萝卜炖牛肉、胡萝卜炒肉片、牛肉丝炒胡萝卜，等等。另一次，也是在这条河边不远，一个叫

"八大碗"的土菜馆里，窗外正寒风扫落叶，我们要了胡萝卜炖羊肉，大口吃菜大杯喝啤酒，风卷残云之际，哪里想得到它还有胡芦菔之类的名字。

大约这样的吃法，才不枉称饕餮之徒吧。胡萝卜是好菜，也是大众菜。它的根，还是深深扎在民间的。

写到这里，想起有个政治家好用的手段，叫"胡萝卜加大棒"，暗喻运用激励和惩罚两种手段驱使人的行为。但胡萝卜给我们的都是"胡萝卜"，没有"大棒"，因为无论是作为名菜系里的招牌菜，还是作为家常菜，胡萝卜从没有让我们失望过。

给"胡萝卜"是文化，"加上大棒"是政治。胡萝卜，不，还有黄萝卜、金笋、丁香萝卜、甘笋、黄根、卜香菜、药萝卜、赤珊瑚，它们守的都是文化之道。

四季豆的深情和坏脾气

Green beans

四季豆也许不想让人潦草地吃它,所以就有毒。但它也愿意把美味献给真正爱它的人,只要它得到了透彻的温暖。但它不能容忍首鼠两端和半途而废,好,你三心二意了,它的毒就起作用了,就让你恶心、呕吐、腹泻、头晕等。这有点像在说爱情。四季豆有自己的爱情观,而且是个完美主义者。

四季豆有毒。确切地说,是生四季豆或夹生的四季豆有毒。有好多年,似乎一到秋天,就能听到有人吃四季豆中毒的消息,原因无一例外都是菜没熟透。我后来留心了一下,中毒的事都出在公家单位,比如某学校或某机械厂的食堂。看来,大锅菜还是不值得信赖。

小锅菜,大锅饭,这是老调。老调子有道理,菜还是要一盘一盘地炒才行,因为精细,火候到位,不但味道好,也能确保健康。只是,四季豆为什么会有毒呢?

我很喜欢四季豆,总想当然地以为它不应当有毒,或者,那不叫毒,只是它的坏脾气而已。植物学书上说,生四季豆所含的毒叫皂苷和血球凝集素,也就是说它含有两种坏脾气。但彻底加热可破坏这两种毒素。加热是什么?加热就是送温暖吧。四季豆也许不想让人潦草地吃它,所以就有毒。但它也愿意把美味献给真正爱它的人，只要它得到了透彻的温暖。但它不能容忍首鼠两端和半途而废，好，你三心二意了，它的毒就起作用了，就让你恶心、呕吐、腹泻、头晕等。这有点像在说爱情。四季豆有自己的爱情观，而且是个完美主义者。

小孩子不懂爱情，夏天，穿个裤衩满村子跑的野小子，最多知道从篱笆上捉个蜻蜓给看得顺眼的女娃子。我小时候也不知道有四季豆，那时候，家乡的篱笆上，藤藤蔓蔓缠缠绕绕的是梅豆或豆角，梅豆角扁扁宽宽的，豆角长长软软的。相比豆角花，梅豆花更漂亮些，紫色、白色、红色的小花，像小蝴蝶。大约是梅豆花太好看太吸引眼球的缘故吧，落在篱笆上的蜻蜓就有些呆，我蹑手蹑脚地凑过去，一捏一个准。许多年过去了，当初捏蜻蜓的少年已远走他乡，不知从什么时候，乡村的篱笆上，梅豆已少见，四季豆倒多了起来。

聂凤乔先生在《蔬食斋随笔》中说，四季豆在苏北叫四季梅。苏北很大，不知道他指的是哪一块。我们那一块管四季豆叫架梅，因为它是要上架才能结得好。而与我们接壤的皖东北及鲁南，有的地方叫四季梅豆，有的地方叫四角梅。书中还说，四季豆在宁夏叫梅豆，广州叫龙牙豆，云南叫芸豆，青海叫扁豆，广西叫青刀豆。宁夏广州等地面积都很大，大概也只是这些地方的局部地区这么叫吧。但四季豆的别名确实很混乱，还有些地方叫它玉豆、去豆、架豆、棚豆、棍豆、眉豆、白豆、敏豆、墩豆、粉豆、茶豆、四月豆、法兰豆、云扁豆、龙爪豆、饭豆、白饭豆、豆王、看花豆、花眉豆、龙骨豆、梅角豆、唐豆等等，不可胜数。当然，知道了这么多别名也没有多大意思，不管怎么叫，它还是四季豆。知道了这么多别名，我又为大豆、绿豆、豌豆抱不平。同样都是豆，凭什么偏你有那么多名字呢？凭什么人家都是好脾气，偏你有坏脾气呢？其实打抱不平也没什么意思，名字都是人起的，宠爱都是人给的，四季豆自顾生长，也许并不关心人们怎么叫它，它只管在一天一天形成的性格里存下了微量的毒素。

四季豆又名芸豆。实际上，鲜芸豆才叫四季豆，豆米尚未长成，豆荚鲜嫩，连米带荚都是菜。等到豆米长成，豆荚就老了。

四季豆总是青青的，作为菜，它是把青春献出来。

四季豆也有点像农村姑娘，它含有的微量的毒，并非真的要毒害谁，只是要你慎重地待它，去掉轻浮之心。

四季豆，仅只这一个名字也是好的，含着日子的长远和体贴。冬天，窗外寒风呼啸大雪纷飞，屋内，餐桌上却摆着四季豆，那翠绿的颜色，像鲜活的春情。

但我最喜欢的还是我家乡的叫法：架梅。梅，一听就是女孩子的名字。在乡村，叫梅的女孩子总是不少。

四季豆原产中南美洲，据说明朝时传入我国。明·王稚登《种豆》诗："庭下秋风草欲平，年饥种豆绿荫成。白花青蔓高于屋，夜夜寒虫金石声。"不知道是不是写的四季豆。古人写诗马虎，从不交代豆的明细。我是看了"白花青蔓高于屋"，才觉得颇合四季豆的长势。

四季豆做菜，可在水里焯熟凉调，可切成薄片或丝炒肉，皆美。我最喜欢吃的是干煸四季豆，配绞肉、虾米、冬菜、葱末、姜末、蒜末等，用油慢慢煸干。亦可不用此法，改配红椒、花椒煸干，用单饼卷来吃。干煸后，起了皱的软软的四季豆清新爽口，一嚼，口腔内腾起大片的麻辣焦香，中间裹着一股滑嫩的腴香。这腴香才是四季豆的香，像真真的爱，又像用一片朦胧的梦才能载得动的深情。

烤红薯

Sweet potato

收获的季节到了。这时的红薯,可以比喻成红灯笼,它带着丰收的喜庆气氛,照亮了土地内部的黑暗,也照亮了农人的心。

天冷了，特别是到了傍晚，寒气砭人肌骨，下班后踏着暮色回家，路边，烤炉上红薯的香气远远飘过来，变得特别诱人。

烤红薯是属于冬天的美食，它之所以比别的食物更受人青睐，原因有三：一是它的香气浓烈，非其他小食品可比；二是它热腾腾的，捧在手上能取暖，赛过手炉；三是可以边走边吃，既方便又解馋，一块下肚，撑得你也跟大红薯似的，心里甜蜜蜜暖洋洋，舒服。

餐桌上的蜜汁地瓜（红薯又名地瓜），往往也是孩子们的最爱。烤得金黄的薯片，淋上金红色的果糖，好看，吃起来松、透、香甜无比，仿佛满心里都流着蜜。

当然，这得有一个前提，你必须是一个红薯的忠实拥趸，如我，对之百吃不厌才行。而有些人，如我的弟弟、妹妹，对它就没兴趣，原因是小时候吃得太多，把胃吃倒了。

二十年前的中国，红薯曾被大量种植，原因无他，唯其产量高，亩产可达数千斤。在粮食匮乏的年代，它与亩产数百斤的大豆、玉米相比，优势不言而喻。那时候，许多人都只把红薯作粮食，而不把它当菜看。

种红薯是我小时候最怕的农活之一。栽种之前，要先育种，同时起垄沟，即在平地上挖沟培垄，垄比沟高出一锨深。当薯种长出的苗有一筷子高时，用刀割断，栽在垄上挖好的坑里，浇水，培土。

然后是雨水，然后是七月、八月……红薯疯长，贴地延伸的秧蔓把田地遮得密不透风，而且每一条秧蔓上，都有细小的根须扎进泥土里。这时就需要把秧蔓翻起，把须根和土地断开，以确保养料全部运送到老根处，使那里结出的红薯肥硕。起垄沟繁重，翻薯秧琐碎，我尤其怕翻薯秧，要从相互纠缠交错的秧蔓中找出你要翻的一条，如同从乱麻里抽丝，还不能用蛮力硬拽，那样会把秧子弄断，遭到大人的呵斥或挨巴掌。

薯苗栽下一个多月后，红薯已可长到指头粗，翻薯秧的时候，趁人不注意挖出一个，擦干净填进嘴里，一嚼，甜脆而多汁。

十月霜降，满地鲜绿的薯叶变得黑乎乎的，露出了撑裂的土地和裂缝中的红薯，收获的季节到了。这时的红薯，可以比喻成红灯笼，它带着丰收的喜庆气氛，照亮了土地内部的黑暗，也照亮了农人的心。

红薯亦菜亦饭，吃法，除了烤，还可以烧，可以煮红薯稀饭。煮熟的红薯切成片，晒干了，又甜又硬，要有一副好牙齿才咬得动。鲜红薯能提淀粉做粉丝、粉条，薯干可以磨成面粉，蒸窝窝头或轧面条。但这并不代表我们的童年幸福，因为那时太穷，几乎只有红薯吃，还常常吃不饱。

仿佛是生活好了，人们才想起来，红薯还可以做出更多的菜。看看现在饭店的菜谱吧，蜜烧红薯、咖喱红薯小鸡块、番薯糖水、蜜汁紫薇珠、桂花薯泥、西梅番薯串烧、红苕泥、橙汁煎地瓜、红薯姜汤、蜜汁珍宝，等等，多得让人惊讶。吃完喝完享受完了，你还会若有所思：怎么配红薯的料子都是些糖呀蜜呀的呢？哦，也许是红薯曾陪伴我们度过了最苦涩的年月吧，现在，整个美食界都在反思，都在忏悔，都在对它作出补偿。

红薯的梗也是菜，清炒，爽爽脆脆的。在乡村，大概从前吃多了，现在的人很少吃。但在城市的餐桌上，却是备受欢迎的时蔬。

红薯叶子也是菜，可以做汤，或掺和在面里，做菜饼。

红薯冬天窖在地窖里，可以吃过冬天和春天。它的香甜，因冬天寒冷的反衬，显得愈加像一种情意，很温暖。而且它再也不会散发出苦味了，那苦，只是带着遥远年代的气息在人心中一闪而过，现实中，它的香息正在空中飘荡，像梦，给裹在寒气里赶路的人带来了一缕缕温馨。

芫荽与荠菜

Coriander & Shepherd's purse

芫荽是进行曲。荠菜是轻音乐。芫荽生于四季,至冬天方显性情。荠菜美于春天,开花后就老了——它是将青春给我们。

我小时候分不清芫荽与荠菜，一次去集市买芫荽，问摊主：这芫荽多少钱一斤？得价甚低，遂大喜，买一大篮回家，父母皆笑，说我被人骗了，这是荠菜。

但我也就此知道荠菜是美味——当日家中打荠菜糊，我吞两大碗。

芫荽与荠菜有相似处，皆为羽状叶。但若留心，还是容易辨别的，芫荽有细长的茎，叶细碎像孔雀尾，肥者长可过尺；荠菜叶则要宽得多，但少有长过三寸的。分不清它们，一来因我太小（不到十岁），二来因它们是菜——我那时只对野草较熟悉。

芫荽之名，有《诗经》般的古奥；细而高挑，像化妆后风姿绰约的美人；少野生，多畦养，又显得有贵族气。我过去每在城里见到芫荽，总觉得它似乎本就应是城市居民。与之相比，荠菜像村姑，一棵一棵贴地而生，朴实。荠菜要到开花时才好看，叶中探出细枝来，挑一蓬碎白的花，有雪意，无妩媚气。"城中桃李愁风雨，春在溪头荠菜花"，写尽了荠菜的健康气质。

但到近年来，我对芫荽的看法有些改变。餐桌上常见一种菜，叫"调五毒"，葱、姜、蒜、辣椒，还有一样就是芫荽。芫荽也叫"毒"？我为之鸣不平。有人告诉我，芫荽性热，食之发暖，冬天，配牛羊肉食，是果腹御寒佳品。这样说，芫荽还有刚烈的一面，是烈女子，或巾帼丈夫了。这使我想起，它还有一个名字：香菜。取一把芫荽嗅一嗅，浓香逼人。我原来理解为脂粉气，现在终于明白：那是性格里的香，是一种浓烈性情的喷薄。因此，再食芫荽，特别是有酒相佐时，就想听豫剧或梆子，京剧也可，最好是《穆桂英》，锵锵的锣鼓声里，热辣浑朴气扑面。

荠菜则是清淡的，即便开花，也几乎没有香气。我曾见过大片的荠菜花开，那是在一个河坡上，像遍地的碎银。即便如此，风中的香气也似有似无。荠菜的香体现在被吃的时候，它能唤起味蕾的另一种感受，那种香，毋宁说是清新。早春里第一次吃荠菜，就当尝的是一口清新吧。

芫荽是作料，配醒浓肥厚，宜大嚼，生快意。荠菜宜细品。

芫荽是进行曲。荠菜是轻音乐。

芫荽生于四季，至冬天方显性情。荠菜美于春天，开花后就老了——它是将青春给我们。

荠菜也挺坚强。冬末时，田畴已可见小棵的，发灰，或有点蔫黄。挖来，洗净，在开水中焯一焯，鲜绿，像提前醒来的春色。

芫荽和荠菜，很少出现在同一道菜中。不同类型的美，不宜混淆。若硬掺和，像奢侈和浪费。

芫荽刚陪我们度过寒冷的冬天，带着盈盈的绿，荠菜已出现在我们面前。